닐 리스톤
가족을 생각하는 니아의
두 살 위 오빠. 니아가
자신보다 강하다는 것을
알고 보다 검술에
힘쓰는 노력가.

리넷 블란
닐의 전속 시종 겸 호위.

> "——아하하하하! 자, 자!
> 빨리 달려들지 않으면 다 쓸어버리겠어!"

　그렇게 말한 직후——

　보스로 보이는 남자가 허공을 날았다.

　이 몸으로 할 수 있는 가장 빠른 속도로 뛰어들어

　좀 세게 때렸기 때문이다.

커버 그림, 본문 일러스트 | **지샤쿠**

Contents

마왕 살해자 성기사 알핀 알폰.
무신 류트 빌리언.
천사(千死) 만용왕 가이스트 이스.
어둠을 갉아먹는 광(狂)성녀 키에라.

역사책을 펴면 그곳에 있는 영웅들.

붙잡힌 국왕, 죄수 리히타.
어둠의 마도를 탐구하는 자 벡터 설리.
전국의 용병왕 글리코 스펜서.
악동 디제.

세상에 커다란 난…… 좋든 나쁘든 세상에 혁명을 일으킨 자는
입장을 바꾸면 누군가의 영웅이었을 겁니다.

빛을 먹는 자 모우모 리.
대지를 찢는 자 비케란더.
밤의 지배자 ■ ■ ■ ■ ■.
목마른 자 오로.
영웅에게 토벌당한 특급 마수들의 손톱자국은 아직도 전 세계

에 남아 있습니다.

　그러나.
　지금 이 시대, 새로운 영웅의 이름은 앞으로도 기록될 것입니다.
　맨손으로 마수를 잡는 레드 레인.
　상처받아 쓰러진 자를 치유하는 백의 치유사.
　견고한 갑옷조차 휴지처럼 다루는 기사 살인마.
　그저 사투만을 바라는 자살 희망자.

　그 밖에도 폭주 아가씨, 폭주 천사, 포학 영애, 파멸의 무도 등등.

　다양한 별명으로 불렸지만 역시 가장 유명한 것은 '흉란(凶乱)영애'라는 이름이 아닐까요.

　그녀의 이름은 앞으로 역사책의 한 페이지에 새겨지게 됩니다.
　영웅의 이름에 걸맞은 흉란영애의 화려한 전투 기록.
　그와 동시에 원치 않았지만 거부할 이유도 없어 걸음을 내디딘 우상의 궤적.

　흉란영애 니아 리스톤.

　그녀의 이야기는 어느 날 밤 시작되었습니다.

떠오른다.

깊은 잠 속에 잠겨 있던 나의 의식이 떠오른다.

오랫동안 잊고 지냈던 내가 조금씩 모든 것을 되찾아간다.

——아아, 아아.

공기가.

빛이.

향이.

기도가.

목소리가.

세월이 감에 따라 느낄 수 있는 다정한 그것들이 지금은 그저 강한 자극에 지나지 않는다.

아직도 허름한 커튼에 갇혀 어둠의 담요를 뒤집어쓴 내 의식을 억지로 열어젖힌다.

——아아, 아아.

딱 하나가 생각났다.

딱 하나가 생각나 버렸다.

그때 이루지 못했던 그 소원을.

맞다.

그랬다.

나는 싸우다 죽고 싶었다.

평온한 죽음 따위 바라지 않았다.

살점을 꿰뚫고 뼈를 으깨고 피를 흘리고.

아직 싸우고 싶다, 아직 싸울 수 있다는 의지가 있지만, 한계를 넘어선 육체는 그에 부응하지 못하고 힘이 닿지 못해 앞으로 고꾸라졌다.

무의 심연.

무의 경지.

내가 도달한 대답은 결국 무엇이었을까.

다만 나는 나보다 강한 존재를 만나길 오랫동안 바라왔던 것 같다.

그러니까 이번에는.

이번에야말로.

──나를 죽여줄 존재를 반드시 찾아내겠다.

"──윽?! 콜록, 콜록!"

완만하게 찾아온 각성은 갑작스러운 위화감…… 아니, 육체의 아픔에 의해 끌려 나왔다.

──뭐야, 이 몸은!

기침이 멈추질 않는다.

기침을 한번 할 때마다 등골이 서늘했다.

마치 사신이 어루만지는 것 같다.

이것은…… 그래, 목숨이 깎여나가는 것이다.

나는 한동안 수명이 줄어들 정도의 기침을 끊임없이 계속하며 그와 함께 따라 나온 죽음의 공포를 확실하게 맛보았다.

부서질 듯 삐걱거리는 오장육부.

비명을 지르는 생존 본능.

힐끔힐끔 엿보이는 죽음 그 자체.

──몇 번을 경험해도 죽음은 두렵다.

──몇 번을 경험해도…… 몇 번을 경험해도?

기침이 가라앉았다.

손가락 하나 까딱하지도 못할 정도로 초췌해진 몸을 힘없이 쓰러뜨렸다. 뭐, 애초에 침대 위인 것 같지만.

"……진정이 됐나?"

뒤늦게 주위를 돌아볼 여유가 생겼을 때, 바로 근처에서 남자 목소리가 들렸다.

"……."

시선을 돌리자 모르는 남자가 있었다.

후드를 깊게 쓴 검은 로브의 남자다. 얼굴은 잘 보이지 않는다.

아니, '모른다'는 걸로만 보면 여기가 어딘지도, 이 몸이 누군지도 모르지만.

오히려 알고 있는 것이나 이해하는 것이 적었다.

아니, 그냥 확실히 말하겠다.

'알고 있는 것이 없다'라고.

최소한의 등불만이 켜진 어딘가의 실내…… 어둑어둑한 누군가의 개인 침실 같았다.

나는 침대에 누워 있고, 분명 동무인 사신에게 안겨 있었다.

이 몸은, 아마도 병들었다.

외적 요인이 아닌 내적 요인으로 인해 죽음으로 향하고 있다.

싫어도 알 수 있다. 이 몸은 이제 길지 않다는 것을.

"부탁이 있다."

후드 사내가 말했다.

"하루만 아무것도 하지 말고 살아다오."

나는 입을 열었다.

"……사정을, 말해라."

바싹 마른 입에서 쉰 목소리가 새어 나왔다. 목소리가 높다. 어린애 같다.

"돈을 위해 반혼(返魂)의 법을 썼다. 이 몸의 영혼은 이미 떠났고…… 그 자리를 대신할 영혼을 넣었다. 그게 너지."

대신할 영혼?

……아니, 그런가. 그런 거였군.

"그 몸은 귀인의 따님 것이다. 부모가 딸을 죽게 할 수 없다고 큰돈을 들여 나를 고용했지. 나는 돈이 필요하다. 반드시. ……아마 이대로라면 길어도 며칠밖에 살지 못할 거다. 이 몸은 이미 한계를 넘어섰으니까……."

음…… 그렇겠지. 알고 있다.

"네가 누구인지는 모른다. 희대의 악당일 수도 있고 어쩌면 인간이 아닐 수도 있겠지. 악마이거나 악령일 수도 있고. 하지만 부탁한다. 하루만 아무것도 하지 말고 살아줘. 내가 돈을 받고 이섬을 떠날 때까지. 그때까지만 살아다오."

제멋대로 지껄여댄 후드 사내는 자기가 하고 싶은 말만 하고는 내 곁을 떠났다.

"미안하다. 정말 미안해. 지옥에서 만나면 죽여도 좋아."

사과하면서 방을 나갔다.

그리고 나는 눈을 감았다.

즉, 그 남자는 죽어 있던 나를 억지로 일으켜 며칠 안에 죽을 병자의 몸에 억지로 밀어 넣었다는 말인가.

즉, 며칠 안에 나를 다시 죽게 하기 위해 불렀다는 말인가.

즉, 한 번 죽은 나에게 두 번째 죽음을 맛보라는 말인가.

즉, 얼마 남지 않은 수명밖에 없는 이 몸을 아무것도 모르는 나에게 떠넘겼다는 말인가.

단 하루를 살리기 위해서.

"……큭, 큭큭큭……!"

웃기는군.

설마 두 번이나 죽을 기회를 얻을 줄은 몰랐는데.

인생이란 무슨 일이 생길지 모르는 법이다.

뭐, 지난 생은 이미 오래전에 끝났지만.

"……내가, 아니었다면, 죽었겠지."

죽음을 두른 무거운 두 손을 들어 심장 위에 포개었다.

마치 관에 담긴 시체처럼.

하지만 이것은, 살기 위한 모습이었다.

정말이지.

내가 '기'를 다스릴 수 없었다면 죽었을 것이다.

이 몸의 이름은 니아라고 하는 것 같다.

"니아! 니아!"

"다행이다! 정말, 정말로……!"

이 사람의 머리맡에서 소리치는 남녀가 아마 니아의 부모겠지.

알았다, 알았어. 자식의 목숨이 연장되어 기쁜 심정은 알았으니 너무 흔들지 마라. '기'에 집중할 수 없잖아.

아직 이 몸을 볼 수조차 없었지만, 양친 몸집에 대비해 보니 니아는 아이다. 그것도 상당히 작은.

말은 할 수 있으니 아기라고 할 정도로 작지는 않은 것 같지만.

"니아아아! 니아아아아아아!"

"살아줘! 부탁이니까 살아주렴……!"

그러니까 살아 있잖아. 그리고 너무 흔들지 마. 그러다 죽는다. 흔들리면 죽는다고.

──냉정하게 생각하면, 이건 내가 이 몸의 삶을 차지한 상황이 되는 건가.

그리고 이 사람들은 앞으로 자기 아이를 키운다는 생각으로 나를 키우는 것인가.

어디의 누구인지도 모르는 나를 키우는 것인가.

음, 뭐, 어쩔 수 없지.

그 부분에 대한 책임은 모두 저 후드 사내에게 있다.

나는 그저 피해자이자 죽을 뻔한 니아의 몸을 살린 자이다. 적어도 이대로 병으로 죽을 생각은 없다. 이 내가 병 따위에 당할 리가 없다.

그 남자 말로는 원래 니아는 이미 죽었다고 하니…….

바라건대 더 이상 죽음의 그림자에 겁먹지 말고 그저 평온하게 잠들었기를 바란다.

……뭐, 지금의 나처럼 평온하게 잠들어 있다가 뻔뻔하고 배려 없는 무리에 의해 눈을 뜨는 일도 종종 있는 것 같지만.

"니아아! 니아아아아!"

"아아, 니아! 넌 우리의 보물이야!"

……시끄럽군, 정말.

힐끔 눈을 뜨고 비난의 감정을 담아 보자 두 사람은 "오오오" "아아아" 하고 물개와 까마귀 같은 소리를 내지르며 손을 맞잡고 감격의 눈물을 흘리고 있었다.

"두 분 다 그 정도만 하시고…… 아가씨께서 피곤해 보이시니 푹 쉬게 해드리죠."

방에는 들어오지 않았지만, 출입문 근처에 누군가가 서 있다.

목소리로만 보면 남자 노인. 말투로 보면 사용인 같았다.

양친의 옷차림을 보니 꽤 좋은 옷을 입고 있다.

혹시 상류층일까?

아니, 분명 그럴 것이다.

그러니 후드 사내가 다 죽어가는 몸에 다른 영혼을 넣어 일시적으로 살리는, 아무런 해결도 되지 않은 사기나 다름없는 수단으로 그들에게서 큰돈을 가로챈 것이겠지. 보진 못해서 확증은 없지만.

물개 아빠와 까마귀 엄마가 아쉬운 표정을 지으며 떠났다.

애정이 과격한 사람들이라고 받아들여야 할까, 자신의 아이를 깊이 사랑하는 좋은 부모라고 받아들여야 할까.

아니면 둘 다일까.

뭐, 어쨌든.

원하던 바는 아니지만, 이렇게 된 이상 바로 죽는 것은 사양이다.

이 몸을 받아버린 이상 난 니아로서 살 수밖에 없다.

그렇다면 그녀가 짊어져야 할 책임과 의무 정도는 내가 해내야 할 것이다.

떠나버린 그녀를 위한 작은 애도라고 해두자.

그러기 위해서라도 이 몸.

우선 이 몸을 갉아먹는 병마를 쫓아내야겠지.

큭큭, 병이여, 나를 이길 수 있을까?

'기'를 자유로이 다루는 자세와는 다르지만, 지금은 어쩔 수 없다.

침대에 누워 심장에 양손을 얹고 온몸에 '기'를 보냈다.

그렇다 해도 취약하고 힘없는 몸이다.

신체 크기와도 관계가 있을 것이다. 아이이기 때문에 운용할 수 있는 기가 매우 적다. 몸이 약해진 탓도 있겠지만.

그리고 병마가 방해해서 '기'가 잘 돌지 않았다. 돌지 않는 것을 넘어서서 막혀 있을 정도다.

'기'는 생물이라면 누구나 가진, 무의식적으로 몸에 지닌 것이다.

그것을 부자연스럽게 막으면 당연히 병에도 걸릴 수 있었다.

병의 근원은 폐인가?

그 밖에도 안 좋은 곳이 있을 것 같지만 내장에 병이 집중된 것은 확실해 보였다.

됐어⋯⋯. 이걸로 됐다.

이 몸⋯⋯ 니아의 취약하기 짝이 없는 '기'를 운용하여 전신으로 순환시켜 나간다.

천천히, 천천히. 폐 주위에 쌓여 있는 병을 깎아내듯 순환시킨다.

시간이 얼마나 걸릴진 모르겠지만, 이것으로 병은 나을 것이다.

자체 정화 효과와 체내 에너지에 의한 활성화.

'기'를 제대로 다룰 수만 있다면 병마 같은 건 아무런 힘도 쓸 수 없다.

지난 인생에서도, 이번 인생에서도, 나를 죽이는 것은 병이 아니다.

⋯⋯그건 그렇다 치고.

도대체 나는 누구일까?

실로 자연스럽게 '기를 쓰면 된다'라고 생각하고 있지만, 애초에 이 '기'란 무엇인가?

내 자신에 대해서는 일절 모르는데…….

아니, 뭐, 괜찮아.

나는 앞으로 니아로 살게 될 것이다.

그렇다면 '지난 인생'에 대한 것은 희미하게 기억하는 정도가 딱 좋을지도 모른다.

'지난 인생'에서 중요한 것, 필요한 것은 영혼이라고 할 수 있는 것에 새겨져 있을 것이다.

아마도 저절로 떠오른 '기'라는 것도 영혼이라고 할 수 있는 것에 새겨진 기억이리라.

앞으로 여러 경험을 하고, 세월을 거듭하며, 살을 꿰뚫고, 피를 뒤집어쓰고, 전쟁과 피에 취할 날이 온다면 필요한 것쯤은 떠오를 것이다.

그때까지는 자신에 대해 모른다 해도 괜찮다.

조급해할 필요는 없다.

내가 이 몸을 손에 넣은 이상 며칠 안에 죽는다는 것을 받아들일 생각은 없다.

모르는 것에 대해 말하자면 이 몸에 대한 것도 그렇다.

니아 본인의 기억이 없다.

아무리 찾아도 찾을 수가 없다.

자세히는 모르지만, 인간은 뇌로 생각하고 뇌에 기억을 새긴다는 지식 정도는 알고 있다.

내가 기억이 없는 것도 본래 기억하고 있어야 할 기관이 없기 때문이라 생각했다. 솔직히 말해 나는 영혼에 가까운 존재일 뿐이니까. 뇌를 가져왔을 리가 없다.

뭐, 상관없나.

니아는 아직 어린애다.

모든 것을 잊고 있다 한들 그것을 되찾는 데 그리 오래 걸리지는 않을 것이다.

병상에 있던 시간을 포함해도 두 손에 품을 수 없을 만큼 많은 인생 경험, 시간, 추억을 쌓아 오진 않았을 것이다.

설령 쌓아왔다고 해도 기억나지 않는다는 사실이 바뀌는 것도 아니다.

없는 건 없는 것이고, 기억이 안 나는 건 기억이 안 나는 것이니 어쩔 수 없다.

그뿐인 얘기다.

게다가 지금은 기억보다 몸이 더 중요했다.

병에 지배된 니아의 몸을 어떻게든 해결하는 것이 가장 우선시해야 할 과제다.

다른 것은 말 그대로 살아남은 뒤에 생각하면 된다.

아직 이 몸은 죽음의 문턱에 있으니까.

이따금 갑자기 치밀어 오르는 기침 덕분에 몽롱해지려던 의식이 싫어도 현실로 되돌아온다.

그리고 기침할 때마다 방문이 열리고 누군가——얼핏 보기로는 시녀로 보이는 여자가 이쪽의 상태를 살핀다.

그것이 몇 번 반복되었지만, 무사히 날이 밝았다.

표면적으로는 후드 사내가 죽어가던 소녀를 구한 밤.

그러나 뒤편에서는 영혼을 잃은 소녀의 몸에 내 의식이 깃든 밤.

고개를 틀자 큼직한 창문에 걸린 레이스 커튼 너머로 밖이 보였다.

바깥의 밝음이 눈부시다.

니아가 잃은 내일을, 나는 지금 살고 있다.

"좋은 아침입니다."

점점 밝아지는 창밖을 멍하니 바라보고 있는데 젊은 여자가 방으로 들어왔다.

한밤중에 내 모습을 지켜보던 여자다. 복장을 봐선 시녀인가? 역시 사용인인가 보다.

──음? 강하군, 이 여자.

움직임도 걸음걸이도 빈틈이 없고 체격도 튼튼하다. 쓸데없이 근육을 너무 많이 붙이지 않은 표준 체형인 것은 아마 이 체격이 베스트라는 것을 알기 때문일 것이다.

내가 보기엔 너무 가늘지만. 고기를 더 먹으라고 말해주고 싶다.

하지만 몸의 무게나 근육량은 단련이나 무기로도 얼마든지 조절할 수 있었다. 이 시녀는 아마 무기로 단련하는 타입이리라.

실제로도 치마 밑에 무기를 숨기고 있고.

뭐, 지금의 나라도 자면서 이길 수 있는 정도의 상대지만. 하잘 것없는 시녀다.

"아가씨, 몸은 좀 어떠세요?"

아가씨.

내가?

역시 부잣집 딸에 가까운 존재인가, 니아는.

이 내가 아가씨……?

조금 낯간지러운 느낌이 들기도 하지만 뭐, 어쩔 수 없지. 니아로 산다면 익숙해질 수밖에 없다.

"……."

그건 그렇고 뭐라고 답해야 할까.

니아는 어떤 딸이었고, 이 시녀와 어떤 관계를 맺고 있었을까.

내가 대답을 하지 않았는데도 시녀는 내 등에 손을 얹고 상체를 일으켜주었다.

반응이 없어도 돌봐주는 모습을 보니 니아는 별로 말을 많이 하는 타입이 아니었을지도 모른다.

그럴 만도 하지.

제대로 걷지도 못할 정도로 약해져 있었다.

이래서는 어린애가 아니라도 괴로울 것이다. 낼 기운도 없었겠지.

"식사 시간입니다, 아가씨."

오오, 밥이다.

솔직히 식욕 같은 건 조금도 없었고 위가 받아들일 수 있을 것 같지도 않았다.

하지만 인간은 먹지 않으면 살 수 없다. 이 몸이 약해진 것은 최소한의 음식도 먹지 않았기 때문이기도 했다.

자신의 손을 보니 너무 가늘고 작아서 솔직히 말하면 가죽과 뼈뿐이었다. 피가 통하는지 아닌지 불안할 정도로 창백하다.

아직 온몸은 보지 못했지만, 손만 봐도 알 수 있었다. 상상 이상으로 쇠약이 심했다.

이 상태면 보급은 필수라고 판단할 수 있을 것이다.

'기'로 고치는 데도 한계가 있다.

그야말로 '기'의 원천, 생명력의 원천이 되는 것은 밥이다. 빠뜨릴 수는 없다. '기'로 병을 고칠 수 있지만, 그 '기'는 아무것도 없는 곳에서는 생겨나지 않는다.

어쨌든 지금은 먹어야 한다.

'기'를 만들어내기 위해서라도.

"하압."

먹었다.

부드러운 죽에, 으깨질 정도로 부드럽게 만든 채소 조림.

어쨌든 자극이 적어 소화하기 좋은 환자식이라는 느낌의 밥이었다. 내게는 부족하지만, 지금 니아의 몸에는 이런 것밖에 들어가지 않을 것이다.

언젠가는 피가 흐르는 고기를…… 아니, 안 돼. 지금 자극적인 것을 생각하면 토한다. 고형물은 고사하고 기름진 밥을 상상하는 것조차 고역이었다.

"어머! 전부 드시다니!"

억지로 욱여넣었을 뿐이지만, 시녀는 탄성과 함께 기뻐했다. 억지로 입과 그리고 위에 쑤셔 넣은 느낌이지만.

"읍."

몸에서 거부 반응이 이는지 자꾸만 올라올 것 같았지만 입을 꾸욱 다물고 참았다. 소화해. 빨리. 아무리 이 몸이 거부한들 누가 토할 줄 알고.

"약을…… 아, 그런 것 같네요."

지금은 무리라는 뜻으로 입을 누르며 고개를 젓자 시녀가 눈치 빠르게 상황을 파악했다.

아까 시녀가 놀란 것으로 미루어 보아 나는 니아 기준에서 봤을 때 경악스러울 만한 식욕을 보인 듯했다. 필요하기 때문에 집어넣은 것뿐이니 식욕이라고는 말할 수 없을지도 모르지만.

당분간은 이런 생활이 계속될 것 같다. 한숨이 다 나오는군.

그런 투병 생활이 일주일 정도 이어졌을까.

매끼 무리해서 완식을 해서인지 자연스럽게 조금씩 늘어나는 식사량을 눈치채지 못한 척 계속해서 강제로 삼켜나갔다.

진정제와 폐에 효과가 있다는 마초제, 그리고 약간의 수면제를 투약받았다.

늘 가수면 중에 있는 듯한 상태에서 계속 '기'를 순환시킨 결과.

슬슬 성과가 나오는 것 같다.

조금씩이지만 밥을 받아들이기 시작했고 지금은 식사 시간이 기다려진다. 최근에는 작은 과일이나 디저트가 함께 나오기 시작했다.

여전히 소화에 좋은 헛헛한 식사뿐이었던 만큼 이 작은 맛의 변화는 달가웠다. 달콤한 음식이 너무 기대될 정도였다.

터질 때마다 죽음이 느껴지던 기침 횟수가 눈에 띄게 줄었고, 외형에 변화는 별로 없지만, 몸을 움직이고 싶다고 생각할 만한 여유가 생겼다.

사는 것을 바라기 시작했다는 뜻이었다.

늘 힘이 없고, 오장육부에 이르기까지 온몸에서 비명을 지르던 이 몸이.

꾸준히 해 온 만큼 니아의 몸에 있는 '기'를 다루는 방법에도 익숙해졌다.

이 정도면 소형 마수 정도는 손날로 목을 쳐서 떨어뜨릴 수 있을 것이다. 체력만 있으면 간단한 미궁도 답파할 수 있을 것 같다. 4급 위험구역에서도 살 수 있을 것이다. 체력만 붙으면.

"어떠세요, 아가씨? 잠깐 밖에 나가보시겠어요?"

이번에도 조금 늘어난 아침을 먹고 있는데, 니아의 전속 시녀 리노키스가 그런 말을 꺼냈다.

지난 일주일 동안 니아 주변의 정보도 최대한 알아냈다.

이 시녀는 리노키스. 열여섯 살.

알투아르 학원 모험과 중학부를 졸업한 뒤 반년 전 이 리스톤 가에 거주 시녀로 고용되었다.

태어날 때부터 몸이 약했지만, 병을 앓게 되며 반년 전 쓰러진 니아.

그녀는 니아 전속 시중역으로 새로 고용된 하인으로, 다양한 특기를 가졌다는 이유로 붙여졌다고 한다.

그녀 입장에서는 힘들었겠지.

아무리 일이라고는 해도 나날이 약해져 가는 아이를 돌보는 것은…… 잔혹한 일이다. 일과 생활을 구분 짓지 못했다면 그 피로는 이루 헤아릴 수 없으리라.

"밖……."

그 말을 듣고 큰 창문으로 눈을 돌렸다.

지금은 커튼이 열려 있어 푸른색이 가득한 하늘이 보였다. 여기는 2층이라 다른 건 보이지 않았다.

밖, 이라.

"아버님과 어머님 배웅 시간에는 맞출 수 있어?"

그 사랑이 무거운 것인지 각별한 것인지 아니면 둘 다인지 모를 양친은 매일 일로 외출했다.

저녁에 돌아와서 얼굴을 비추고, 자기 전에 다시 얼굴을 비추러 온다.

리노키스에게 들은 바에 의하면 매일 바빠 보인다고 한다.

그래서 예전에는 아침에도 왔었는데 그건 그만해 달라고 했다.

내가 니아가 된 다음 날과 둘째 날 아침에도 찾아오기에 리노키스에게 아침은 오지 말아 달라는 전언을 부탁해두었다.

서로 아침에는 바쁘다. 나도 투병하느라 바쁘다.

슬슬 내 행동 범위도 이 방에서 더 앞으로 나아가야 할까.

그 두 사람이 매일같이 걱정한다면 조금씩 건강해지는 모습을 보이는 것도 니아로서 보일 수 있는 효도인 셈이다.

"아뇨······. 주인님과 사모님은 이미 나가셨습니다."

그렇군. 그럼 그런 건가.

"역시 아침 방문은 그만두라 하시길 잘했어. 폐를 끼쳤구나."

내 식사 시간은 변하지 않는다.

그리고 양친이 아침에 날 보러 오는 시간은 식사 때였다.

아침 인사를 그만둔 결과, 내 식사 시간보다 일찍 출근했다. 그렇다면 굳이 나를 만나기 위해 시간을 냈다는 뜻이었다.

"폐라니요······. 두 분은 일보다 아가씨를 더 중요하게 생각하시는걸요."

사랑이 각별하니 그럴 수도 있겠지만.

"하지만 아버님과 어머님이 일을 해주셔서 내가 지금 살 수 있는 거잖아. 그렇지 않아도 병으로 폐를 끼치고 있으니 불필요한 부담을 주고 싶진 않아."

내가 그들의 진짜 아이라면 부모에 대해 이런 생각을 하지 않았을지도 모른다.

무상의 애정을 받아들이고 그저 웃기만 하면 그만일지도 모른다.

하지만 나의 경우는 조금 사정이 달랐다.

니아는 됐지만, 온전히 니아인 것은 아니다. 니아가 아닌 내가 무상의 애정을 그대로 받아들일 수는 없다.

그렇다면 적어도 필요 이상의 폐만큼은 끼치지 않고 살고 싶다.

그러기 위해서라도 빨리 병을 고쳐야 했다.

"방에서 나가는 건 내일부터 할게. 아침 시간을 좀 당겨줘. 아버님과 어머님을 배웅해드릴 거니까."

"……네, 알겠습니다."

어떻게 받아들였는지는 모르겠으나, 리노키스는 약간 눈썹을 좁히더니 웃었다.

"……어쩐지 저보다 훨씬 배려심이 깊으시군요."

응?

"보통 아닌가?"

자식도 부모에게 마음 정도는 쓴다.

"그게 보통이라면 제 입장이……."

아아, 그렇군. 리노키스는 배려가 부족한 건가.

"배려가 없는 여자는 인기가 없다는데."

"나이가 한 자릿수인 여아에게 인기 없다는 말을 듣다니……."

리노키스가 화들짝 놀랐지만 상관없었다. 나는 투병으로 바쁜 몸이었다.

지금까지와 다름없는 하루가 끝나고 다음 날.

요청한 대로 일찍 찾아온 아침 식사를 정리하고 휠체어에 앉게 되었다.

요즘엔 음식에 거부 반응이 일지 않아 감사했다. 토할 것 같은 기미도 없다.

양적인 의미에서는 벅차긴 하지만.

매끼 조금씩 몸에 무리가 가지 않는 선에서 양이 늘어났다. 아주 소량씩, 한 숟가락씩. 착실하게 내 위가 확장되었다. 뭐, 필요한 이상 받아들일 수밖에 없겠지만.

리노키스의 도움으로 방을 나와 융단이 깔린 복도로 가자, 그 끝에 노집사가 서 있었다. 그곳은 현관홀로, 1층으로 내려가는 계단 앞이었다.

그는 이 집안을 오랜 시간 섬겨 온 집사였다.

장신에 고목처럼 앙상한 몸. 하지만 의복 아래 뼈 위로 붙은 훌륭한 근육을 나는 놓치지 않았다.

지금도 여전히 강하다.

늙은 현재. 상당히 노쇠한 것 같긴 하지만 전성기 땐 지금의 몇 배 이상으로 강했을 것이 분명했다.

뭐, 전성기라면 몰라도 지금의 이 집사라면 휠체어를 타고 있어도 새끼손가락 하나로 이길 수 있지만. 전성기의 집사라도 지금의 내 왼팔 하나면 충분하다. 그 정도다.

그런 노집사는 방에서 나온 우리를 보고 고개를 끄덕이더니 아래층으로 향했다. 분명 최종 준비를 하러 향했을 것이다.

우리가 현관홀을 내려다볼 수 있는 곳까지 가자 모든 준비를 마치고 깔끔하게 정장을 차려입은 부친과 모친이 나와 빠른 걸음으로 현관으로 향하고 있었다.

"아버님, 어머님."

나로서는 최대한의 힘으로 소리를 지른 것이었다.

보통 사람에게는 살짝 큰 소리, 정도였을지도 모른다.

하지만 내 목소리는 오늘까지도 일로 정신없이 바쁜 부친과 모친에게 닿은 듯했다.

""니아!""

뒤돌아본 그들이 휠체어를 타고 배웅을 나온 나를 보고 매우 놀랐다.

──작은 걸음일지 모르지만, 그래도 니아로서 효도를 할 수 있었던 걸까.

양친의 배웅을 일과에 넣은 지 일주일이 지났다.

내가 니아가 된 지 약 2주째였다.

"이제 슬슬······."

조금씩 늘어가는 식사를 침대 위에서 끝내고 중얼거렸다.

"네?"

곁에 서 있는 리노키스에게 나는 말했다.

"이제 밤 시중은 안 들어도 돼."

"네?"

리노키스는 매일 밤 내가 자는 방 밖을 지키고 있다. 내가 부르면 바로 대응할 수 있도록.

특히 기침이 날 때는 반드시 상태를 지켜본다. 늦기 전에 대처하기 위함이었다.

하지만 이제 필요 없다.

"기침 횟수도 줄었고 이제 괜찮을 것 같아. 화장실도 내 발로 갈게."

'기'의 힘으로 병마의 공세는 물리치고 있다. 하지만 완치까지는 요원했다. 아직 갈 길이 멀었다.

그래도 일단 큰 산은 넘었다.

사신의 그림자는 사라졌다.

갑자기 용태 급변으로 사망할 가능성은 없어졌다고 판단했다.

"……알겠습니다. 요즘 식욕도 붙으시고 몸이 많이 안정되신 것 같아요."

"말 나온 김에, 식사량도 매번 조금씩 늘고 있지?"

"……제이스 씨를 불러올 테니 의논해 보죠."

"아니, 그것보다 양이……."

말을 걸었지만, 그녀는 가버렸다.

보아하니 식사량이 늘어나고 있다는 것을 알면서도 침묵한 것 같았다. 아니, 어쩌면 그녀가 그렇게 하도록 만들었는지도 모른다.

뭐, 됐어.

매 끼니 속이 더부룩하긴 했지만, 꼭 필요한 영양 섭취였다. 무리해서라도 몸에 넣어둬서 손해는 없었다.

게다가 양이 계속 늘고 있다고 해도 상식적인 범위 내였다.

애초에 니아의 몸과 같은 또래인 아이들조차 이보다는 더 먹고 있을 것이다. 지금 내가 먹는 양은 아직 적은 편이었다.

리노키스가 제이스…… 이 리스톤 가문의 노집사를 불러왔을 때 다시 한번 아까 했던 말을 건넸다.

이제 밤 시중은 필요 없다고.

"……그렇습니까. 아가씨가 괜찮으시면 주인님과 사모님께 전해드리겠습니다."

떨떠름한 얼굴. 걱정을 숨기지 않으면서도 노신사 제이스는 내 제안을 받아들였다.

"다만 리노키스를 옆방으로 옮길 테니 만일의 일이 생기시면 방울을 울려 그녀를 불러주십시오. 어떻습니까. 약속하실 수 있겠습니까?"

"좋아."

어차피 울릴 일은 없을 것이다. 만일 그럴 일이 있다 해도 부르지 않겠다는 고집을 부릴 이유도 없다.

──리노키스의 밤의 감시에서 벗어날 수 있다면 얼마든지 할 수 있는 약속이었다.

오늘도 일하러 나가는 양친을 배웅하고 방으로 돌아왔다.

"그럼 아가씨, 저는 좀 쉴 테니 무슨 일이 생기면 근처에 있는 하녀를 불러주세요."

리노키스는 지금부터 낮까지 선잠…… 아니, 본격적으로 잔다.

밤에는 나를 위해 불침번을 서주고 있기 때문이었다. 일이라고는 해도 절로 고개가 숙여졌다. 뭐, 오늘 밤부터는 규칙적으로 잘 수 있겠지만.

　──자, 그럼.

　리노키스가 방에서 나가면 지금부터는 나의 시간이다.

　니아의 생활 사이클은 단순했다.

　기본적으로 식사하고 약을 먹고 쉬는 흐름의 반복이다.

　특히 '쉬는' 것이 가장 중요해서 내가 부르지 않는 한 아무도 오지 않는다.

　양친의 배웅을 위해 잠시 방에서 나와 있는 동안 침대 정리와 간단한 청소가 끝나 있다.

　쉬는 것을 방해하지 않기 위해, 리노키스가 점심 식사 때 말을 걸어오기 전까지 나는 혼자였다.

　──매우 편리한 사이클이다.

　침대에서 스르륵 발을 내려 천천히 융단 바닥에 붙였다.

　아직 마르고 쇠약해진 몸은 서 있는 것조차 힘들었다.

　일단 천천히 걸을 수는 있지만, 이동은 기본적으로 휠체어나 리노키스에 안겨서 해야 했다.

　뭐, 그것도 지금뿐인 얘기다.

　"……무리겠어."

　잠시 굽혔다 폈다 해 봤지만, 이 운동도 어려웠다. 무릎을 확실하게 굽혀 쭈그리고 앉으면 일어날 수 없을 것 같았다.

　근육이 너무 부족하다.

　몸을 단련하기도 어려운 수준이다.

남들만큼 걸을 수 있게 되려면 시간이 좀 더 걸릴 듯했다. 이래서는 하찮은 오크조차 팔 힘을 써서 몸통을 꿰뚫을 수 없을 것이다. 손날로 목을 베는 것이 고작이다.

뭐, 됐어.

지금은 근육보단 병이 우선이다.

나는 갑자기 문을 열어도 뭘 하는지 보이지 않는 침대 옆쪽, 문에서 봤을 때 침대 건너편 바닥에 주저앉았다.

아무도 안 오겠지만 혹시 모르니까.

누가 본들 곤란한 것은 아니지만, 아직 아무것도 모르는 아이인 니아가 이런 사실을 알고 있다는 것은 부자연스럽기는 했다.

무릎을 벌리고 앉아 다리를 꼬았다.

양팔을 좌우로 가볍게 벌렸다.

손바닥을 위로 향한 채 꼬아 앉은 무릎 옆에 띄웠다.

"……음."

역시 '기'는 참선 자세가 더 운용하기 쉬웠다.

왼손에서 왼쪽 다리를 지나 오른쪽 다리로.

오른쪽 다리에서 오른손으로 가서 오른쪽 어깨를 빠져나가 머리로.

그리고 왼쪽 어깨를 지나 다시 왼쪽으로 돌아간다.

침대에 누워있을 때보다 부드럽고, 빠르고, 힘이 있다.

허약한 아이의 몸이기는 하지만 확실하게 '기'가 돌며 몸속에서 차근차근 움직여 나갔다.

몸의 중심에 병이 있다.

아직도 병마에 오염되어 있는 전신을 '기'로 조금씩 깎아가며 녹여 나갔다.

앞으로 긴 밤을 이렇게 보낼 수 있다면 효과가 클 것이다.

일주일만 지내면 다시 다음 단계까지 회복되겠지.

……그런데 참선이란 무엇이지?

여전히 내 기억은 돌아오지 않았다.

'이렇게 하면 된다'는 것은 본능적으로 알고 있지만, 이것을 어디서 외웠는지, 어떻게 아는지는 여전히 기억나지 않았다.

……아니, 지금 생각해도 어쩔 수 없는 일인가.

필요한 기억이라면 언젠가 떠오를 것이다.

"자, 병마여. 이제 본격적으로 너와 싸워야겠다."

나는 병으로는 죽지 않는다.

지난 인생도 그랬다.

그건 왠지 모르게 기억이 난다.

"초장에 날 죽였어야 했다. 말해 두지만 이제 네게 승산은 없어."

그리고 이번에도 그렇다.

이 나를 죽이는 것은, 두 번째라 할지라도 병은 아니었다.

"아가씨. 오늘 날씨가 무척 좋아요. 밖에 나가 보시겠어요?"

점심을 먹고 있는데 리노키스가 그런 말을 꺼냈다.

내가 니아가 된 지 3주. 병은 순조롭게 회복되고 있다. 이제 기침으로 깨는 일 없이 숙면을 취할 수 있을 것 같았다. 참선을 해야 하니 잠은 안 자지만.

밖, 이라.

창문을 보니 오늘은 레이스 커튼이 쳐져 있었다.

그런데도 눈부실 정도의 빛이 새어 들어오고 있었다. 확실히 날씨가 좋아 보인다.

……흠, 밖이라.

기분 전환은 될 것 같지만, 그보다는 참선을 하고 싶었다.

매일의 노력이 결실을 봤는지 컨디션은 상당히 좋았다. 맑은 기운이 몸 구석구석까지 차오르는 것이 느껴졌다.

마침내 체력과 근력까지 더해지면 격렬하게 몸을 움직이고 싶다고 느낄 것 같았다.

"아니, 이대로 그냥 쉴게."

밤부터 아침까지 장시간의 참선.

아침을 먹고 양친을 배웅하고 선잠을 잔다.

점심을 먹고 나면 또 참선.

무얼 하든 우선 병마를 해결하지 못하면 나는 아무것도 할 수 없다. 밖에 나가는 건 완쾌한 뒤에 해도 된다.

이참에 산책을 완쾌 기념 목표로 삼는 것도 나쁘지 않을 것 같았다.

"하지만 슬슬 햇볕을 쬐는 편이…… 벌써 3개월 이상 밖에 나가지 않으셨습니다. 컨디션도 나쁘지 않아 보이니 정원이라도 둘러보시는 것이 어떠세요?"

그런가. 햇빛이라.

구체적으로 어떤지는 모르겠으나 햇빛을 받으면 몸에 좋을 것이라는 생각은 들었다.

몸에 태양의 힘이 전해진다고 해야 하나, 스며든다고 해야 하나. 뭐, 기분 탓일 수도 있겠지만.

하지만 확실히 리노키스가 걱정할 정도로는 피부가 창백했다.

"그럼 잠깐만 나갈까?"

리노키스가 자기 일처럼 반기더니, 오랫동안——적어도 나는 입은 적 없는 외출복과 신발을 준비하기 시작했다.

아니, 잠깐. 휠체어인데 신발이라니. 슬리퍼를 신은 채로 나가도 되잖아.

우리 집 정원 아닌가.

신발도 옷도 안 바꿔도 되지 않아? 필요 없지 않나?

……그런 의미를 담아 에둘러 말했으나, 그녀 안에서 내가 옷을 갈아입는 것은 이미 기정사실인 듯했다.

뭐, 딱히 강하게 거부할 이유도 없으니 상관없지만. 입혀줄 테니까 내가 고생할 일도 딱히 없다.

옷을 갈아입는 정도는 직접 하고 싶은데 지금은 어쩔 수가 없다.

"이 옷은 어떠세요?"

"응."

"이걸로 하시겠어요?"

"응."

"아, 하지만 이게 더 나을까요?"

"응."

이쪽은 점심을 먹고 있다고. 옷은 그만 보여줘. 고르라고도 하지 마. 아무거나 상관없으니까.

옷은 어떤지, 신발은 어떤지, 헤어스타일은 어떤지, 액세서리는 어떤지, 그렇게 물을 때마다 "빨리 점심을 먹으라"고 재촉하는 것 같았다.

엉겁결에 서둘러 식사를 마치고 약을 먹자 바로 옷을 갈아입게 되었다.

레이스나 프릴이 잔뜩 달려 있고 빨간 리본이 포인트로 들어간 흰색 원피스였다. 리본이랑 같은 색으로 신발도 맞춘 듯했다. 피가 튀면 눈에 띄니 흰색은 별로 좋은 선택이 아닌 것 같은데.

"어떠세요?"라며 내 모습을 보여주었는데, 역시 하얗구나, 라는 생각이 들었다. 어린애구나, 라는 생각도.

니아 리스톤.

네 살짜리 여자아이.

최근에야 음식을 받아들이기 시작한 몸은 아직 뼈가 앙상했고, 태양을 받지 않은 피부는 병적일 정도로 창백했다. 뭐, 실제로도 아픈 몸이니 어쩔 수 없다.

　적당히 살이 오르면 귀여울 것이다. 커다랗고 파란 눈동자도 깡마른 탓에 동공에서 떨어질 듯 기괴하게 커 보였다.

　요컨대 여러모로 신체의 균형이 잡혀 있지 않았다.

　게다가 아무도 언급하지 않았지만, 이 회색의 긴 머리.

　부모 쪽은 부친이 연한 금발이고 모친은 밝은 갈색 머리였다. 둘 다 옅은 색이긴 하지만 하얗지는 않았다.

　부모 중 어느 쪽도 닮지 않은 이 칙칙한 흰머리는 아마도 죽음의 벼랑 끝에 내몰릴 정도로 생명력을 사용한 결과 수명이 다한 것이리라.

　사실상 진짜 니아는 벼랑 끝에서 내몰려 버렸으니까.

　마력을 너무 많이 소진하여 생기는 현상이다.

　하지만 마력의 과소비는 원래대로 돌아왔다. ……3주 정도 지났는데 색이 돌아올 기미는 보이지 않는다. 어쩌면 평생 이대로일지도 모른다.

　──지금 다시 한번 떠올렸다. 네 살짜리 아이에게는 가혹한 인생이었으리라.

　바꿔줄 수 있다면 바꿔주고 싶을 정도지만, 그것은 이루어질 수 없다.

　니아는 이제 없으니까.

"나는 니아 리스톤. 취미는 약을 먹고 안정을 취하는 것. 현재 사력을 다해 투병 중인 네 살의 여자아이. 좋아하는 조미료는 소금, 좋아하는 맛은 음식 본연의 맛을 살린 것, 이라는 헛소리가 아닌 확실하게 양념한 것. 장래 희망은 어른의 가죽신만큼 커다란 스테이크를 소금 이외의 조미료를 써서 먹어보는 것."

──음, 어느 모로 보나 완벽한 니아 리스톤이다.

무심결에 말해 보았지만 술술 소개하는 말이 나왔다. 이걸로 언제든 자기소개를 요구받아도 괜찮다. 틀릴 걱정도 없다.

발랄하다고는 결코 말할 수 없지만, 적당한 영리하며 제법 잘 성장한 듯한 분위기는 낼 수 있었다.

머리가 하얗게 셌을 뿐 특필할 만한 특이점은 없다. 딱 이 정도의 절제된 느낌이 이 여자아이에게는 잘 어울렸다.

어떻게 봐도 허접한 오크를 일격에 죽일 수 없을 듯이 보였다.

"아, 장래엔 아빠한테 시집갈 거야, 라는 아이 특유의 아첨도 넣어야 할까? 일부 아빠들은 이런 걸 좋아하지?"

"……."

"어떻게 생각해? 비굴하게 아첨하는 게 나을까?"

리노키스는 쓴웃음을 지으며 아무 답도 하지 않고 질문하는 나를 안아 휠체어에 태워버렸다.

현관홀 계단은 리노키스에게 안긴 채 내려갔다. 내려가는 도중 지나가던 하녀를 불러 1층에도 놓여 있는 휠체어를 꺼냈다.

"오오, 산책하십니까?"

1층에 있던 노집사 제이스와 마주쳤지만, 나에게 질문을 해도 난 대답할 말이 없었다. 나는 운반되기만 하면 그만이니까. 산책을 하는 것은 리노키스다.

제이스가 현관문을 열어주었고, 리노키스가 미는 휠체어를 타고 정원으로 나왔다.

──온몸으로 쏟아지는 햇빛에 눈을 감았다.

몇 달간 밖으로 나가지 않았던 이 몸에는 태양도 바깥 공기도 자극이 강했다. 조금 지나면 익숙해지겠지. 아니, 벌써 익숙해졌다.

햇볕은 따스하고 살갗을 어루만지는 바람은 조금 서늘했다.

지금은 지내기 좋은 계절이라고 들었는데, 바람은 좀 강했다.

그리고 눈앞엔 잘 가꿔진 색색의 아름다운 정원이 펼쳐져 있었다.

……그래, 펼쳐져 있다. 끝도 없어.

"정원이 넓구나."

"그렇지요. 역시 4계급 귀인님의 저택다워요."

응? 4계급?

"그 4계급이니 뭐니 하는 건 뭐지?"

"어머, 들어보신 적 없으세요?"

"어쩔 수 없어. 난 아직 네 살밖에 안 됐거든. 아는 것은 극히 적고 오히려 모르는 것들뿐이지. 네 살배기의 지식에 무지를 논하는 것은 너무 가혹하지 않을까?"

"그 대답이야말로 네 살의 대답이 아닌 것 같은데……."

천천히 정원을 둘러보면서 리노키스가 간단히 알려 주었다.

우선 이 나라는 군주제이며 왕을 1위로 보고 그 아래로 15위까지의 계급이 있다고 한다.

15에서 12위까지는 평범한 서민이고, 11위부터는 귀인…… 즉 귀족 대우를 받는다. 귀족이라는 말로도 통하지만 그 말은 외국의 계급 제도에서 쓰는 말이라고 한다. 이 나라에서는 귀인이라는 말로 불린다.

거기까지의 설명으로 보자면 리스톤 가문은 4위, 위에서 네 번째 계급에 있는 귀족이자 귀인이라는 뜻이 된다.

"어쩐지……."

끝이 보이지 않는 정원은 무척 넓었고 저택도 으리으리했다.

양친의 물건들도 질이 좋았으며 리노키스나 제이스 같은 하인도 많았다. 정원사도 있다. 적어도 내가 본 것만 해도 한 3명 정도는 있다.

병상에 있는 아이에게 충분한 약을 제공하고, 나를 불러낸 수상한 마법사를 고용할 만한 재력도 권력도 있다.

그 정체가 부유한 지배자 계급이라면 모두 납득이 갔다.

"그럼 그 4계급은 어느 정도의 높이지? 귀인을 기준으로 봤을 때."

"글쎄요……. 귀인분들의 세계는 서민 출신인 저로선 자세히 알 수 없지만, 4계급은 이 나라에 열 곳도 안 된다고 해요. 그러

니 상당한 거 아닐까요? 게다가 리스톤 가문은 대대로 이 부유섬
과 주변 섬을 관할하고 있습니다. 그 수는 크고 작은 것을 포함해
서 17개나 된다고 하고요."

흐음.

열 곳도 안 되는 가문 중 하나로, 17개를 영지로 갖고 있다, 라.

그렇다면 상당한 권력을 가진 집일지도 모른다.

그리고.

"부유섬이라는 게 무엇이지?"

궁금한 단어들이 많은 이야기였다.

솔직히 말하면 이젠 산책보다 이야기가 더 궁금할 정도였다.

앞으로 이 세계에서 살아가야 한다. 그러니 알아야 할 것은 많
았다.

내가 니아가 된 지 두 달이 넘었다.

양친의 배웅과 날 좋은 날엔 정원 산책. 요즘은 그런 일과가 정
착한 상태였다.

컨디션은 꽤 좋았다.

요즘은 기침도 나지 않고 숙면도 취하며, 식사량도 이 나이의
보통 아이 수준으로는 먹을 수 있게 되었다.

참고로 언제부터인가 식사량은 늘어나지 않게 되었다. 아마 지
금이 적당량인 거겠지.

줄곧 싸웠던 병마는 거의 빈사에 가까운 느낌이었다.

예상대로라면 곧 괘씸한 병마 녀석의 숨통을 끊어낼 수 있을 듯했다.

방심하지 않고 차분하게, 충분한 시간을 들여 마지막의 마지막까지 제거해버릴 생각이었다.

"좋은 아침이에요, 아가씨. 오늘은 닐 님께서 돌아오신다고 합니다."

응? 닐?

"누구?"

"아가씨 오라버니요. 닐 리스톤 님입니다."

최근 여러모로──리노키스 본인의 일을 포함해 본래 잊지 말아야 할 상식적인 것을 질문해댄 탓일까.

오라비의 이름을 모른다는 부자연스럽기 짝이 없는 의혹에도 그녀는 조금의 당황함이나 주저함, 망설임 없이 선선히 답해주었다.

솔직히 그렇게 물렁하게 반응해도 되는지 오히려 내 쪽이 걱정될 정도였다. 뭐, 귀찮은 일이 줄어서 내겐 좋은 일이지만.

"나한테 오빠가 있었어?"

"그 질문까진 과하시네요."

이건 과한 건가.

어쩔 수 없지. 진짜 모르니 말이다. ……마냥 물렁한 것도 아니라는 건가. 쉬워 보이면서도 의외로 파악하기 어려운 시녀였다.

"알투아르 학원의 초등학부 1학년이시고, 여름 방학을 맞아 기숙사에서 귀성하시는 겁니다."

오호라.

"나와의 관계는 좋았어?"

"제가 알기로는 접점이 거의 없었던 것 같습니다."

리노키스는 반년 전에…… 아니, 지금 기준으로 세면 8개월 정도 전에 리스톤가에 온 시녀였다. 쓰러진 니아에게 배속된 니아의 전속 시녀.

즉, 그녀는 리스톤 가문에 대해 8개월 치 지식밖에 없는 것이다.

오리비인 닐은 약 3개월 전 알투아르 학원에 입학했다. 그리고 기숙사에 들어갔고 입학한 이후로는 돌아오지 않았다.

그래서 리노키스와도 별로 안면이 없는 듯했다.

다섯 달 전에도 니아는 병상에 있었으므로 가족다운 접점도 거의 없었다.

그런 오라비가 장기 휴가…… 소위 여름 휴가에 들어가서 고향에 돌아온다는 것 같았다.

뭐, 그래 봐야 자신은 4살 여아에, 오라비인 닐은 6살 남아이다.

끈끈한 기름얼룩 같은, 혹은 마음의 연약한 곳에 거무스름하게 얼룩진 핏자국 같은.

그런 도저히 닦아낼 수 없을 것 같은 시커먼 추억이나 인연이 있다고는 생각되지 않았다.

오라비는 오라비대로 돌아오면 그만이다.

그런 것보다 나는 병을 고치는 데 전념해야 했다.

아직 병마와의 승부는 끝나지 않았으니 방심하지 말고 나아가자.

──라고 생각했다.

"아, 돌아오셨나 봐요."

아침 식사와 양친의 배웅을 마치고 산책을 나왔다. 휠체어라서 산책하는 건 리노키스이지만.

이 일과가 시작될 무렵 심어두었던, 나를 위한 꽃은 화분 속에서 매일 조금씩 자라 나갔다.

정원사 중 한 명이, 혹은 리노키스가 마음을 쓴 것인지 내 전용 꽃으로 굳이 준비해 준 것이다. 그렇게 신경 쓰지 않아도 되는데.

별 뜻 없이 성장을 바라보고 있는데 리노키스가 하늘을 가리켰다.

바라보자 어딘가 고풍스러운 소형 비행선이 구름 같은 꼬리를 만들며 상공에서 이 섬을 향해…… 리스톤가 부지 가장자리로 천천히 내려왔다.

"목조 비행선이네. 오래된 건가?"

매일 양친이 타고 일하러 갔다가 돌아오는 것이었다. 하늘을 나는 배도 이제는 익숙해졌다.

"외관만 그렇습니다. 내용물은 최신형이죠."

"호오. 오라버니 취향?"

"네, 알투아르 학원 입학 축하로 주인님과 사모님이 주신 거예요. 디자인은 닐 님의 기호에 따라 맞춘 거랍니다."

흐음, 어떤 오라비인지는 모르겠으나 취향은 나쁘지 않군.

여기서 보이는 범위에 한한 얘기지만, 요즘의 비행선은 겉으로 드러난 부분이 금속질이었다.

저런 금속 덩어리가 하늘을 난다는 것은 쉽사리 받아들일 수 없었다.

그리고 양친은 매일 날아갈 리 없는 금속 덩어리를 타고 어디론가 일을 하러 갔다. 참으로 수고스러운 일이 아닐 수 없다.

왜 금속 덩어리가 하늘을 나는 걸까. 참 무시무시한 시대다.

농담은 주먹을 날리는 정도에서 그쳤으면 좋겠다.

뭐, 이건 실제로 할 수 있지만.

나는 곧바로 방으로 돌아가고 싶었지만 리노키스가 "마침 좋은 타이밍이니까요"라며 돌아가기를 만류한 덕에 그대로 오라비인 닐을 기다리게 됐다.

구석구석 사람의 손길이 닿아 깔끔하게 정돈된 정원을 천천히 돌아 나갔다. 연못에 사는 물빛 새가 오늘도 토실하게 살이 오른 것을 확인한 뒤 현관 앞으로 향했다.

멋스러운 옷을 차려입은 소년과 처음 보는 시녀가 노집사 제이스와 이야기를 나누고 있었다.

분명 저것이 방금 돌아온 오라비 닐과 오라비의 호위 겸 하인으로 동행한 전속 시녀일 것이다.

"니아?!"

무언가 말을 하던 소년이 삐걱삐걱 희미한 소리를 내는 휠체어에 탄 나를 발견하고는 달려왔다.

"건강해졌다고 들었는데, 이제 괜찮은 거야?"

"어서 오세요, 오라버니. 몸 상태는 점점 좋아지고 있어요."

감탄한 듯 고개를 크게 끄덕이며 연약하고 앙상한 나를 위아래로 연신 바라보는 오라비. 순수하게 놀란 얼굴이었다.

오라비가 기숙사에 들어가기 전의 니아는 아이의 눈으로 보기에도 죽은 이처럼 보였을지도 모른다.

사실 상당히 위험했다.

……아니, 진짜 니아는 무사하지 못했으니 엄밀히 말하자면 '위험했다'가 아니라 '절반만 살았다'라고 말하는 편이 맞겠지.

무사한 것은 내가 살린 이 몸뿐이다.

"뱃길로 오시느라 피곤하시죠? 어서 방에 가서 옷을 갈아입으시는 것이 좋지 않을까요?"

"아, 어어, 응. 그래야지."

그의 놀라움이 가라앉기도 전에 그렇게 말하자, 살짝 당황하면서도 오라비인 닐은 나중에 천천히 얘기하자고 말하고는 가버렸다. 제이스와 오라비의 전속 시녀가 짐을 들고 쫓아갔다.

"……흠."

떠나는 오라비의 전속 시녀의 움직임에 눈길이 갔다.

꽤 강하군. 리노키스보다는 한 수 위일 것 같다.

뭐, 나한테는 상한 머리카락을 처리하는 것보다 더 쉬운 상대일 뿐이지만.

"신경 쓰이세요? 리넷이."

내 시선을 쫓던 리노키스가 그런 걸 물어본다.

"저 시녀의 이름이 리넷이야?"

"네. 리넷과 저는 같은 학년으로 알투아르 학교 중학부 모험과를 함께 졸업했어요. 그때는 가끔 파티를 짜기도 했고요."

그렇군. 두 사람은 어느 정도 안면이 있는 건가.

……그래, 파티를 짰단 말이지.

…….

안 되려나.

리노키스와 리넷 두 사람이 구색을 갖춘다 해도, 거기에 노집사 제이스를 더한다 해도 나는 휠체어를 탄 채 왼손 하나로 이길 수 있었다.

이렇게까지 되니 그런 생각이 든다.

자신의 힘이 나쁜 것일지도 모른다. 너무 강한 게 죄일지도 모른다.

아아, 적수가 될 만한 강자가 있었으면 좋겠구나.

리스톤가에 오라비 닐이 돌아온 지 닷새 정도가 지났다.

"아직 식탁에는 못 오는 거야?"

가끔 내 방에 찾아와서는 병상에 있는 여동생의 지루함을 달래주려는 다정한 오라비는 여러모로 마음을 많이 써주었다.

학교에 대해서나 학교에서 있었던 일을 이야기해 주기도 했다.

나머지는 뭐…… 이러니저러니 해도 오라비도 한가한 것 같았다.

닐 리스톤.

여섯 살 난 남자아이이자 4계급 리스톤 가문의 후계자.

부친의 옅은 색 금발과 모친의 미모를 닮은 아이였다. 여섯 살임에도 상당한 미형이다. 그리고 겉모습뿐만 아니라 양친에게 물려받은 푸른 눈동자에는 깊은 이성과 지성이 깃들어 있었다.

저 모습을 보니 장래에 분명 수많은 여인을 울릴 것이 분명했다. 아니, 이미 울렸을지도 모른다. 장래가 무서운 아이다.

니아가 병에 걸린 뒤로 부모의 관심은 대부분 오라비가 아닌 여동생에게 쏠렸을 텐데. 아직 두 자릿수도 채 안 되는 이 나이에 비뚤어지지 않고 훌륭하게 오라비 노릇을 하고 있었다.

"그러게요. 아직은요."

내 식사엔 아직 소화가 잘되는 반고형물이 많다.

이제는 단단한 고형물도 문제없이 먹을 수 있을 것 같았지만, 지금의 식사가 몸에는 더 잘 받았기 때문에 체력이 좀 더 붙을 때까지는 이대로가 좋다고 스스로 판단한 것이다.

솔직히 이 몸은 아직 많은 것들이 부족하다.

병은 어떻게든 할 수 있겠지만, 쇠약하고 미숙한 몸은 어쨌든 먹지 않으면 이도 저도 할 수 없었다. 본래 발달 도중인 아이이니 말이다.

오라비로서는 양친이랑 저, 그리고 여동생인 자신까지 가족 넷이 한 테이블에 앉아서 식사하고 싶은 것 같았다.

그 소망이 이루어지는 것은 빨라야 여름 휴가의 끝자락일 것이다. 2, 3주 뒤쯤이다.

"하지만 온종일 잠만 자면 지루하지 않아?"

"필요한 일인 걸요."

지루하냐 아니냐를 묻는다면 물론 지루하다.

이렇게 가끔 오라비가 오는 바람에 참선도 밤밖에 하지 못했다.

내가 니아가 됐을 때는 그런 것보다 죽지 않기 위해 노력하는 것이 최우선이었다. 지루하다는 사치스러운 말을 하고 있을 상황이 아니었다.

지금은 순조롭게 회복하고 있는 상태고, 이런저런 생각을 할 여유도 생겼다.

양친의 배웅이나 산책 같은 것들도 여유가 생기며 따라온 결과였다.

"슬슬 괜찮지 않을까?"

그렇게 말한 오라비는 내가 아니라 옆에 있는 리노키스에게 고개를 돌리고 있었다.

"제 독단으로는 뭐라 말씀드리기가……. 그건 주인님과 사모님의 허락이 필요한 일이라서요."

음?

뭘 말하는 거지?

순수하게 궁금해서 "무슨 소리냐"고 물어보자 오라비가 다소 의아한 표정을 지으며 말했다.

"뭐냐니. 매직비전말야. 마정판. 니아, 그거 좋아했잖아."

매직비전? 마정판?

——호오! 이건!

오라비가 어딘가에서 가져온 투명한 수정판.

가로 40cm, 세로 30cm 정도의 직사각형으로 매우 얇게 가공되어 있다. 겉보기엔 단순한 유리창 같다.

'기'를 쓰지도 않은 내 박치기 한 방에 산산조각이 날 것 같은 섬세한 물건으로, 액자 같은 나무틀에 끼워져 강도를 보호하고 있었다.

그리고 나무틀에 새겨진 마법 처리로 공중에 뜨는 모양인지 임의의 장소에 띄워놓을 수도 있었다.

그런 수정판——마정판을 오라비가 가까이 띄워 조작하자 그곳에는 판 너머로 비친 내 방이 아닌, 다른 경치가 보였다.

붉게 물든 세상. 저물녘일까. 줄지어 밀집한 작은 부유섬들 사이로 수많은 철새가 석양을 받으며 멀리 날아오르는 경치.

순식간에 바뀌고 다음 경치가 비쳤다.

어딘가의 관광지인가. 끝없이 이어지는 돌계단을 아래에서 올려다보는 듯한 경치다. 계단 위에 뭐가 있는지 궁금하지만 거기까지는 나오지 않았다.

원리도 이치도 알 수 없었지만, 아무튼 어딘가의 경치를 비춰주는 판 같았다. 심지어 현악기 소리까지 흘러나오고 있다.

영상과 소리를 재생하는 이 판은 꽤 놀라웠다.

내 이 반응에 비춰보자면 분명 원래의 나도 모르는 문화라는 거겠지.

이거 재미있군.

지루함도 참을 수 있을 것 같고, 지식을 얻을 수도 있을 것 같았다.

"밖에 나갈 수 없는 만큼 아가씨는 매직비전 보시는 것을 좋아하셨습니다. 하지만 매직비전에는 자극이 강한 장면이 나오는 경우도 있어서 주인님이 금지하셨지요."

리노키스가 니아의 현 상황을 보충해 주었다.

"아아, 그랬구나."

니아라면 알고 있어야 마땅한 정보였다. 알겠다는 듯 나는 고개를 끄덕였다.

······어쩐지 리노키스가 약간 어이없다는 얼굴을 한 것도 같지만 개의치 않았다.

"아버지는 놀라면 몸에 해롭다는 이유로 금지한 거니까 지금이라면 괜찮지 않을까?"

오라비인 닐의 말엔 일리가 있었다.

지금의 나라면 괜찮을 것이다.

병마라면 매일 이리저리 비틀리고 마구 짓밟히고 흠씬 걷어차이는 신세였다. 완전히 기세가 죽어 날로 바싹 말라가는 중이다. 머지않아 반항심도 없어질 것 같다.

지금의 나는 모르는 것이 너무 많았다.

이 매직비전 같은 것이 있다면 이 방에 있으면서도 많은 것을 알 수 있을 것이다. 영상을 보고 리노키스에게 질문을 해도 좋고, 그냥 기억만 해도 된다.

책도 좋지만, 책에 적혀 있는 것은 과거의 일들뿐이다.

실제로 있었던 일이든, 창작 이야기든, 전문적인 추측이든, 기록이든.

모두 과거의 일이다.

현재와 대조하면 과거와 지금 사이에 어긋난 내용이 있는 경우도 많았다.

그러나 이것은 다소의 시차는 있다 해도 '현재'의 정보를 영상으로 얻을 수 있었다.

이런 꿈처럼 편리한 도구가 존재하다니.

먼 곳의 경치를 쉽게 볼 수 있다니 정말 말도 안 되는 소리였다. 현시점에서도 굉장한데, 한층 더 발전할 모습과 이용 방법이 무수하게 떠올랐다.

그야말로 기적의 발명품이다.

이런 것이 있는지 몰랐다.

인류는 진보하고 있다. 멍하니 있으면 자신만 놔두고 가버릴 것 같다.

"훌륭해요, 오라버니. 이 답례는 꼭 할게요."

"응? 음…… 약간 하대하는 말투인 게 신경 쓰이긴 하지만, 신

경 쓰지 않아도 돼."

밤에 일을 마치고 돌아온 부친을 붙잡아 내가 먼저 이야기를 꺼냈고, 정식으로 니아의 매직비전이 해금되었다.

부친은 그다지 내키는 얼굴은 아니었지만, 고개를 젓지는 않았다.

아직 니아의 몸 상태가 걱정되는 것이리라.

그리고 여러모로 귀가 솔깃한 매직비전에 관련된 이야기도 들었는데, 지금은 크게 신경 쓰지 않아도 될 것 같았다.

매직비전 해금이라는, 나의 생활에 크게 영향을 미칠 만한 중대사가 있었지만.

"아, 아가씨. 이 시간대부터는 금지입니다."

라든가.

"아가씨, 그 영상은 허가가 나지 않았습니다."

라거나.

"아가씨, 안 됩니다."

라는 둥.

"아가씨."

이제 목소리만 들어도 용건을 알 수 있었다. 네, 네, 끌게요.

이런 식으로 리노키스의 규제가 많았다.

정확히는 양친의 명령인 것 같은데…… 어쨌든 보면 안 될 영상이 매우 많았다.

——부유섬 탐험물은 금지.

현역 모험가 미개, 미답의 부유섬을 탐색한다는 내용인데, 보통 마수가 나오기 때문에 생물이 죽기도 하고 가끔 사람이 죽기도 한다고 한다. 피도 나온다.

솔직히 너무 보고 싶었다.

피가 도처에 튀거나 사위를 들끓게 하는 살육과 폭력 장면 같은 것들이 너무나도 보고 싶었다.

——다음으로는 연애물 전반.

남녀가 티격태격한다, 보고 싶다는 둥 보고 싶지 않다는 둥, 한눈에 반했다는 둥, 네 눈동자에 비치고 싶다는 둥, 일과 나 어느 쪽이 중요하냐는 둥, 나 때문에 싸우지 말라는 둥. 차가운 남편에게 불만을 품은 아내가 불현듯 건장한 육체를 가진 젊은 배달원 사내의 존재를 알아차리는 둥.

복잡한 인간관계와 애증을 그린 연기는 무척 인기가 있다고 하지만 나에게는 금지였다.

아이한테는 자극이 너무 강하기 때문이라나.

뭐, 금지든 말든 볼 생각은 없었다.

말만 들어도 체할 것 같다. 닥치는 대로 때려눕히고 싶을 정도로 답답할 뿐이다.

좋아하면 빨리 유혹해.

기회가 오면 냉큼 밀어 넘어뜨려.

머뭇거리지 마.

딱 한마디 좋아한다고, 사랑한다고 말해.

겨우 그거면 충분한데 몇 시간을 넘게, 극중 설정에 따르자면 몇 날 며칠을, 때로는 몇 년이나 질질 끄는 설정이다. 심지어는 노인이 되어서도. 늙어서 더욱 성욕이 깨어난다거나.

그런 이야기를 리노키스에게 들은 것만으로도 나는 화가 나기 시작했다. 실로 굼뜨기 짝이 없다.

참고로 꿈꾸는 소녀처럼 수많은 연애 이야기를 황홀한 얼굴로 들려준 리노키스는 이런 종류의 극을 매우 좋아하는 것 같았다.

정말로 속을 모르겠어.

그리고 "답답하기만 하고 번거롭네"라고 본심을 토로한 결과, 리노키스에게서 영문 모를 미소와 함께 "뭐, 아무리 어른스러운 4살이라고 해도 어차피 4살이니까요. 단지 감정 그대로 좋아한 다고 말할 수 없는 어른의 마음은 모르겠지요"라는 말을 들었을 때의 굴욕이란.

이 원한은 평생 잊지 않겠다.

──그 밖에는 '아름다운 풍경'이라고 하는, 세계에 존재하는 절경을 비춘 것.

나에게 허락된 몇 안 되는 영상이다. 가끔 마수가 비치기도 해서 꽤 흥미로웠다. 먼 저편을 나는 익룡이라든가……. 저 정도면 역 시 힘들지 않을까. 지금의 내가 이길 수 있을지 어떨지 모르겠다.

그중엔 내가 아는 영상도 나올지도 모른다.

기억이 없어서 내가 뭘 아는지도 모르고 있지만.

──그리고 마지막으로 리스톤령 산책담.

양친이 다스리는 리스톤 영지의 시골길을 느끼한 인상의 중년 남성이 계속 걸어 다니면서 그 지역의 향토 음식이나 가게를 묻고 다니는…… 잘 짜인 여행 영상이라고 해야 할까.

의외로 재밌어서 보게 된다. 출연자 얼굴이 느끼하긴 하지만.

나머지는 부정기적으로 노래나 춤 영상이 있는 정도였다.

이 매직비전과 마정판이라는 것은 아직 발명된 역사가 짧다고 한다.

영상——프로그램도 적고, 리노키스가 말하는 '동시간대 프로그램'도 하나밖에 존재하지 않는다.

같은 시간에 볼 수 있는 영상은 두 가지로, 즉 두 개의 채널밖에 없는 셈이었다.

방영하는 프로그램도 별로 없어서 재방송이 많았고, 꼬박 하루 동안 새로운 영상이 나오지 않는 경우도 흔했다.

그리고 내가 볼 수 있도록 허락된 프로그램은 그중에서도 극히 일부였다

다시 말해 매직비전이라는 정보원이 늘어났다고 해서 내 생활에는 별다른 변화가 없었다.

왜냐하면 볼 수 있는 프로그램도 극히 일부였고, 그 조금마저도 재방송이 많이 포함되어 있었으니까.

평소와 같은 생활 주기 그대로, 매일 아침은 양친을 배웅하고 참선 자세로 병마와 싸우고 정원 산책을 하고.

그런 투병 생활 속에서 매직비전이라는 문화는 아무런 방해 없

이 쏙 들어왔다.

볼 수 있지만 볼만한 프로그램이 적다는 제약이 있었으므로.

다만 그래도 유익하다고는 생각했다.

외부 세계에 대한 지식이 부족한 나에게는 더할 나위 없는 정보원이다.

그것을 준 오라비에겐 꼭 감사를 전하고 싶었다.

뭘 할지는 이미 정해놨다.

오라비 닐은 저택에 돌아온 뒤 줄곧 검술 연습을 했다.

오라비의 전속 시녀인 리넷을 상대로 매일매일 목검을 휘두르고는 두들겨 맞고 있다.

꽤 혹독한 연습 풍경이지만 실로 만족스러웠다.

그래, 할 거면 이 정도로 진심으로 하지 않으면 몸에 익힐 수 없다. 막상 실전이 닥쳤을 때 전혀 도움이 되지 않을 테니까.

귀인으로서의 기호가 아닌, 무인으로서의 마음가짐이라면 이 정도까진 할 필요가 있었다.

뭣하면 좀 더 격하게 해도……. 아, 여섯 살짜리 아이에게 이 이상의 연습은 아직 이른가.

일과 산책 때 연습을 하다 보니 오라비 연습은 자주 보게 되었다.

내가 참견을 한다면 이것밖에 없었다.

"……잠시 괜찮을까요?"

한참을 보고 있는데 오라비가 맞고는 그대로 뻗었다. 숨이 차서 일어날 수 없는 듯했다.

잠시 틈이 난 이 타이밍에 나는 말을 걸었다.

오라비는 아직 여섯 살.

몸도 무르고 여러 가지가 부족했다.

리넷도 꽤 조절하는 것 같았지만 그래도 아직 먼 상대였다. 뭐, 나라면 손가락 하나로 어떻게든 되겠지만.

그러나 손가락 하나로 어떻게든 할 수 있다 해도 지금 여기서 해야 할 의미는 전혀 없었다. 그런 의미 없는 일을 할 만한 여유는 없었기에 그만두었다.

"오라버니. 검은 부딪히는 것이 아니라 밀고 당기면서 검날로 베는 거예요. 안 그러면 날이 상한답니다."

작은 몸으로 힘껏 목검을 휘두르는 오라비는 나이에 비해 꽤 능숙한 편이었다.

아직 근력이 부족한 몸을 최대한 이용하며 체중을 실어 위력을 높이고 있다.

연격은 어렵지만 일격, 일격이 무거운 스타일이다.

일격에 결판내는 싸움을 지향하는 것인지, 아니면 부족한 부분을 지금 있는 것으로 보완하려다 보니 필연적으로 그렇게 된 것인지는 모르겠지만.

힌트 하나 정도는 줘도 되겠지.

"아, 아가씨……!"

내가 휠체어에서 일어서자 리노키스도, 딱히 안면이 없는 리넷도, 그리고 쓰러진 채로 있던 오라비도 놀라고 있었다.

아니, 리노키스는 알고 있잖아. 내가 혼자 일어난다는 것 정도는. 이제 새벽에 화장실 정도라면 자력으로 갈 수 있는데. 왜 놀라는 거야.

나는 시선에 개의치 않고 오라비가 쥐고 있던 목검을 주웠다.

……어린이용의 짧고 가벼운 이것조차 무겁게 느껴졌다. 이 몸은 아직 약하다.

"가로로 자세 잡아봐."

"앗, 아, 네, 네……."

당황하는 리넷. 당황하면서도 시키는 대로 자신이 든 목검을 수평으로 겨눴다.

"검은 내리치는 것이 아니라──."

나는 목검을 쳐들었다.

오라비보다 체구가 작고, 또 그보다 몸이 약하기 때문에 내가 만족스럽게 휘두를 수 있는 것은 한 번이 고작일 것이다.

그러니 잘 봐두도록 해.

양손에 쥐고 똑바로 내리치기 위해 상단 쪽에 자세를 잡았다.

호흡을 가다듬고, '기'를 응축하고, 조용히 한 걸음 내디뎠다.

"──벤다."

펙.

나무와 나무가 부딪히는 소리가 났다.

확실하게 내리치면서 검날을 세워 베어냈──다고 생각한 내

두 손에서 목검이 벗어나 있었다.

으음…… '기'로 보조해도 한 번조차 할 수 없는 것인가, 이 몸은.

리넷이 겨눈 목검의 배 부분에 내가 내려친 목검이 파고든 채로 멈춰 있었다.

날카롭지 않고 무딘 나무 칼날이 절반까지는 파고든 것 같다.

꽉 쥐었다면 저 정도는 절단할 수 있었을 텐데. 악력이 너무나도 약한 탓에 쏙 빠져 버렸다.

뭐, 지금의 나에겐 이 정도라도 해낸 게 다행일지도 모른다.

애초에 무구를 다루는 데엔 서투르니 말이다. 나는 맨손으로 자르는 게 더 익숙하다.

"……윽."

온 힘을 쏟아낸 몸의 힘이 스르르 빠지며 쓰러질 듯 비틀거렸다.

아무래도 지금의 움직임으로 육체가 한계를 맞이한 것 같다. 근력은커녕 체력마저 없었다.

엉덩방아를 찧기 직전, 리노키스가 재빨리 뒤에서 끌어안아 나를 휠체어로 되돌렸다. 미안해서 어쩌지. 의욕이 좀 과했나 봐.

피로감이 온몸을 갉아먹는 것을 느끼며 등받이에 기대어 숨을 한 번 내쉬었다.

"무기의 구조란 실로 합리적이에요. 오랜 세월에 걸쳐 효율화를 추구하며 목적에 특화된 것이 현존하는 무기의 형태이니까. ……하아. 오라버니처럼 그저 힘껏 내리치는 것만 추구한다면 검일 필요는 없다고 생각해요. 곤봉도 괜찮고, 조금 더 중량이 있고 튼튼한 것이…… 후우."

　애초에 무기를 고르기에 앞서 몸이 완성되지 않았다는 이유도 크다.

　그러나 몸이 완성되지 않았기 때문에 무기의 특성과 장점, 특징, 결점에 관한 조예를 익혀두면 신체 이외의 방법으로도 강해지는 데 도움을 받을 수 있었다.

　무구를 안다.

　그 또한 무(武)였다.

　나머지는 본인이 장래에 어떻게 되고 싶은지에 달린 문제였기에 더 깊은 말은 하지 않았다.

　……그건 그렇고 몸이 힘드네. 숨이 찬다…….

　"실례했습니다……. 하아. 리노키스, 가자."

　굳어 있는 오라비와 리넷에게 인사하고 그 자리를 떠났다.

　그건 그렇고, 이 약한 몸은.

　근력에 의존하지 않고 '기'로 몸을 움직였음에도 부담이 컸다.

　아니, 움직임의 허용 범위가 작다고 해야 하나.

　가동 범위가 좁았다, 하지만 상관없었다.

　남들처럼 생활할 수 있게 되기까지 앞으로 얼마나 더 많은 시간이 필요할까.

　'기'를 훈련하는 시간이라고 생각하면 나는 그다지 불편하지 않지만.

그래도 평범한 아이들에게는 고역이었다.

내가 들어가기 전의, 니아가 했을 고생을 떠올리지 않을 수 없었다.

곧 알투아르 학교가 겨울 휴가에 들어간다고 한다.

오늘도 침대 위로 아침 식사가 차려졌다.

여름 휴가가 끝나고 학교 기숙사로 돌아간 오라비 닐이 다시 돌아온다는 이야기를 할 무렵.

"아가씨. 슬슬 테이블로 돌아가셔도 괜찮지 않을까요?"

——추위가 심해진 요즘, 슬슬 본격적으로 몸을 단련해도 좋을 것 같았다.

그렇게 생각한 참에 들려온 리노키스의 말.

테이블로 돌아간다.

가족이 앉아 있는 테이블로 돌아가라는 의미겠지.

소화가 잘되도록 만들어진 식사는, 이제는 완전히 고형물이 많은 일반 메뉴로 바뀌었다.

지난달 생일을 맞아 다섯 살이 된 내가 먹기엔 부족함이 없는 내용과 양이었다.

최근에는 수명이 줄어드는 듯한 기침을 조금도 하지 않게 되었다.

저택 안 정도는 돌아다닐 수 있게 되었다.

몸은 아직 약하지만, 그건 앞으로 단련하면 그만인 이야기다.

확실히 말하겠다.

지금의 나는 더는 병약한 아이가 아니다.

병을 극복한 직후의, 몸이 허약한 아이였다.

이 상태라면 제대로 된 생활로 돌아가도 괜찮을 것 같았다.

──니아 리스톤, 마침내 병을 극복했다는 건가.

역시 병으로는 죽지 않았다.

강함은 죄다. 아아, 패배라는 것을 알고 싶구나.

여름날 오라비가 가져온 매직비전과 마정판을 얻은 이후, 내 생활에 큰 변화는 없었다.

계절에 맞춰 완만하게 표정을 바꾸는 정원을 보면서.

매일 반복하는 '기'를 통한 치료에 더해 쇠약해진 몸을 식사로 보강한다.

그만큼이나 집중하다 보니 마침내 병은 때려잡았다.

이번 의사의 왕진에서 문제가 없다는 진단을 받는다면 투병 생활은 끝내도 좋을 것이다.

"다음 정기 진찰에서 허가가 나면 병상을 물리도록 할게."

리노키스의 제안에 그렇게 답하자 그녀가 환한 얼굴로 "주인님께 전해 두겠습니다"라고 대답했다.

"그리고 그…… 오늘도 보여주시면 좋겠는데……."

"나중에."

지금은 우선 아침이 먼저다. 서둘러 끝내지 않으면 양친의 배웅에 늦어 버린다.

침대 옆에 띄워놓은 매직비전을 켜서 이 시간 방송 중인 리스톤령 산책담을 보며 아침 식사를 하는 것도 아침의 단골 일과가 되었다.

……오, 오늘은 재방송이 아니네. 느끼한 얼굴의 출연자가 나긋한 말투로 이야기하며 시골길을 산책하고 있다.

"아, 여기 저희 친가랑 가까워요."

호오.

──"아, 이거 맛있네요."

느끼한 얼굴의 중년 사내가 리노키스의 고향이라고 하는 시골의 토속주를 마시며 미소 짓는다.

──"그쪽은요? 치즈? 호오~. 이건 이미 냄새만으로도 맛있다는 걸 알겠네요."

시끄럽군, 이 녀석. 아침부터 술이나 마시고.

"이 사람 요즘 술만 마시네."

요즘 정말 그런 영상만 보는 것 같다. 비율적으로는 3분의 2는 술을 마시는 장면이 있는 게 아닐까.

부럽다. 아니, 괜씸하다. ……부럽다.

나도 마시고 싶은데. 남의 속도 모르고.

이번 생의 음주는 앞으로 10년 이상은 기다려야 하는데.

치즈. 술. 술. 치즈. 미녀가 주는 술. 치즈. 술. 술. 술. 새빨개진 얼굴로 자신에게 줄 기념품을 고르고. 미녀. 미녀. 미소녀. 아주머니. 술.

느끼한 얼굴로 하고 싶은 것을 다 해댄다.

아침부터 이런 걸 방송하고 있는 것이다. 부럽다, 부러워!

"매직비전에 나오기만 해도 상품 가치가 올라간다나 봐요."

이 방송을 본 사람들은 그가 마음껏 먹고 있는 술이나 치즈를 산다고 한다.

이른바 홍보 효과를 기대할 수 있는 셈이었다.

……확실히 이렇게 느끼한 얼굴의 중년 사내가 맛있게 술을 마시고 있는 모습을 보고 있노라면 보는 쪽도 마시고 싶어진다는 것은 부정할 수 없다.

"아버님은 이걸로 좋다고 생각하시는 걸까."

투덜투덜 불평하면서도 정신없이 술과 치즈를 먹어대는 그 녀석을 보며 이쪽은 이쪽대로 아침을 먹어 치웠다. 싱거운 음식들을.

오늘도 양친의 배웅을 하고 하루가 시작되었다.

그날 밤의 일이다.

나중에 돌이켜보면 역시 이번 겨울날이 여러 의미로 전환점이 되었다고 생각한다.

"니아."

밤, 양친이 방에 왔다.

리노키스에게 이야기를 듣고 상황을 보러 온 것이다.

"이미 들으셨겠지만——."

이제 병은 완전히 나았다.

유동식으로 된 식사는 더 이상 먹지 않는다는 것을 알리고, 이제 병자 생활을 그만두겠다는 뜻을 직접 전했다.

"아버님과 어머님이 매일 바쁘신 것 알고 있어요. 더 이상 걱정 끼치기도 싫고요."

오늘도 양친의 귀가는 늦었다.

두 사람 모두 돌아오자마자 현관 앞에서 들은 내 전언에 옷을 갈아입지도 않고 업무복인 정장 차림으로 이 방에 와 있었다.

아침 일찍 출근해서 밤에도 이런 시간이다.

게다가 오늘은 그나마 조금 빨리 돌아온 수준이었다.

옮기는 병일지도 모른다는 이유로 나는 최대한 만나지 않았고 면회도 되도록 거절했었다.

매일 배웅은 했지만 반대로 말하면 딱 거기까지의 접점밖에 없었다.

그런 생활을 청산하고 싶다고 스스로 확실하게 말한 것이다.

부친과 모친은 얼굴을 마주 보며 고개를 끄덕였다.

"니아가 결정했다면 그렇게 하려무나."

"우리는 널 존중한단다. 이제 괜찮다고 느껴지면 해보면 돼."

두 사람은 좌우 침대 옆에 앉아 상체를 일으키고 있는 내 몸을 좌우에서 껴안았다.

이 애정을 받는 것이 니아가 아니라 나라는 것이 좀 미안했다.

"그리고 니아, 전에 잠깐 얘기한 것 말인데, 괜찮겠니?"

물론 기억하고 있다.

그리고 각오도 이미 끝났다.

"제가 매직비전에 나오면 되는 거죠? 괜찮아요."

내가 대답하자 어째서인지 리노키스가 "꺄악" 하고 작게 환호성을 지르고 있었다. ……영상 애청자인 그녀로서는 무척이나 나오고 싶겠지, 분명.

발단은 벌써 1년 전의 일이다.

원래부터 몸이 약했던 니아가 중병에 걸리고, 여러 의사에게 보여도 치료의 가망이 없고 이대로는 죽음을 기다릴 수밖에 없다는 진단을 받은 직후의 일이다.

양친이 매직비전을 통해 니아의 치료법을 찾고 있다고 호소한 것이다.

이 매직비전의 영상, 사실 채널 중 한 곳의 회사가 리스톤 영지 내에 있었다.

아니, 정확히 말하자면 양친의 일이 매직비전 리스톤령 전송 채널 제작 운영 회사에서 마정판으로 보는 영상을 만드는 것이었다.

즉, 양친은 방송사 경영자다.

매일 바쁜 것도 매직비전과 관련하여 움직이고 있기 때문이었다.

채널 수는 이 매직비전 사업에 관여한 영지의 수였다.

지금은 아직 왕도 알투아르와 4계급 리스톤령 두 곳뿐인데, 일찌감치 이 사업에 큰 가능성을 느낀 양친이 곧바로 자신의 영지에 도입했다고 한다.

영상을 찍고 만드는 것도, 마정판을 만드는 것도, 또 방영하는 것도 비용 문제상 아직 일반인에게 보급되었다고 말하기는 어려웠다.

현재는 금전적 여유가 있는 저택이나 조직이 자신들도 참가해야 하는지 판단하기 위해 마정판을 사서 상황을 지켜보고 있는 단계였다.

양친은 연줄과 권력, 재력을 모두 사용해 아직 테스트 케이스 단계에서 진입하여 빠르게 그 권리를 손에 넣었다고 한다.

나는 온화한 부모밖에 모르지만, 역시 가정에서의 부모와 직장에서의 부모는 그 모습이 다를 것이다.

선견지명이 있다고 해야 할까, 일을 처리하는 비범한 재주는 물론 엄격한 면이나 강경한 면도 함께 가지고 있겠지.

어쨌든 매직비전과 마정판이다.

발상은 대단하다.

마법 도구에 관해서는 초보인 나조차도 여러 가능성을 느끼는, 노골적으로 말하자면 엄청난 돈 냄새를 풍기는 발명품이었다.

하지만 너무 새로운 발상인데다 나아가 거기에 드는 비용이 아직도 너무 비싸다는 이유로 많은 참가자 후보들이 관망하고 있었다.

매우 느슨하게 확산하고 있는 것이 현상이라고 했다.

뭐, 이런 어려운 이야기는 이해하고 말고를 떠나 아이에게는 별로 해주지 않는 이야기이기 때문에 모르는 것도 많지만.

양친은 널리…… 알투아르 왕국 중에 사욕을 노골적으로 드러내 딸의 치료법을 호소한 이상, '그 결과'를 공표할 의무가 있다고 생각하고 있었다.

널리 세상에 영상을 통해 딸의 치료법을 호소한 결과.

마지막의 마지막, 니아가 반쯤 죽어버린 그 벼랑의 끝에서.

수상한 후드의 사내가, 아마도 금기일 사술을 써서 일시적인 ──불과 며칠뿐인 연명이라고 하는, 아무런 해결도 되지 않는 조치를 했다.

우연히 연명을 위해 불려가 '다시 죽는 역할'을 부여받은 사람이 바로 나였다.

──이 일련의 일은 기적이었다.

어느 것 하나가 부족했다면 나와 연결되지 않았으리라. 기적적으로 나에게 연결되었기 때문에 데려가려는 사신의 손을 물리칠 수 있었다.

기억은 없다. 이름도 까먹었다. 이 세상의 상식도 상당히 부족하고 이 신체의 기억도 들여다볼 수 없다.

말하자면 생판 남이다.

하지만 우연히 불려온 나는 '기'를 쓸 수 있었다.

니아의 병을 고칠 방법을 알고 있었다.

만약 내가 '기'를 수련하지 않았다면 니아의 몸은 진작에 '한 번 더' 죽었을 것이다.

확률로 따지면 있을 수 없는 기적이다.

수많은 잠든 영혼 중에서 치료가 가능한 내가 불렸다는 기적.

이것은 운명의 장난일까?

아니면 위대한 누군가의 의도라도 있었던 것일까?

무작위로 불린 것이라고 한다면, 차라리 이끌렸다고 생각하는 편이 더 나을 것 같았다.

——아니면 내가 너무 강한 탓이었을까.

죄가 깊을 정도로 너무 강했던 탓에, 이 기구한 인생을 맡게 되었다……. 그렇게 생각할 수도 있지 않을까.

흐음.

그렇게 생각하자 오히려 더없이 잘 와닿는 이유 같았다. 아니, 아마 그럴 것이다. 내가 너무 강한 게 원인인가.

……농담이야 어쨌든, 생각해봤자 알 수 없는 일이니 뭐든 상관은 없지만.

그보다.

널리 딸의 치료법을 호소한 결과.

마지막의 마지막, 니아가 반쯤 죽어버린 그 벼랑의 끝에서.

내가 들어와 병을 물리치고 니아로서 살게 됐다.

이 결과를 매직비전을 통해 공표한다.

양친은 이를 의무로 여기고, 나에게 매직비전에 나와 병이 무사히 나았고 살아있다는 것을 내 입으로 말해달라고 하셨다.

아마 싫다고 했다면 다른 방법을 생각해 줬으리라.

하지만 나는 할 수 있었기에 그런 말은 하지 않았다.

특히 양친의 바람이라면 니아로서는 해야 했다.

그녀의 몸으로 사는 대신 효도하는 것이 나의 의무니까.

그런 이유로 나는 매직비전에 나와 생존 보고를 하게 되었다.

산책을 위해 저택에서 나왔을 때 리노키스가 목검을 건네주었다.
"그럼 부탁드립니다!"
"그래, 그래."
나는 휠체어에서 일어나 그녀가 수평으로 세운 나무 막대를 한 번 휘둘러 소리 없이 베어버렸다. 아아, 힘들어. 피곤해.
오늘도 리노키스가 가장 좋아하는 '나무 막대기를 목검으로 베는' 것, 재활 치료에는 딱 좋을 것 같은, 기술이라고도 할 수 없는 기술을 보여주었다.
지난번 여름 휴가 때 돌아온 오라비 닐에게 보여준 이후 종종 부탁해온다.
"이런 걸 어디서 배우셨어요?"
절단면을 관찰하던 리노키스의 그런 질문은 수없이 반복되고 있었다.
"깨닫고 보니 알고 있었어. 아마 책이 아닐까?"
"하지만 아가씨, 어려운 글자는 아직 못 읽으시죠?"
"그림책이 있잖아."
"그림책에 목검으로 나무를 베는 방법은 나와 있지 않아요."
"자꾸 묻지 마. 여자의 비밀 중 하나야."
"다, 다섯 살짜리 아이가 이미 여자의 비밀을……."
모르는 건가.

여자는 몇 살이라도 여자라는 것을.

오히려 15, 6살이라는 다감한 적령기에 있으면서도 압도적으로 낮은 감수성을 가진 리노키스 쪽이 더 문제가 아닐까.

진흙탕 싸움의 번거롭기만 한 애증 이야기는 잘도 좋아하면서, 왜 이렇게 여성스러움은 느껴지지 않는 것인지.

고개를 저으며 휠체어에 다시 앉아 하늘을 올려다보니 찬 바람 부는 푸른 하늘 저편에 고풍스러운 소형 비행선이 보였다.

알투아르 학교가 겨울 휴가에 들어가면서 오라비가 돌아온 것이다.

그렇다면 매직비전 촬영도 얼마 남지 않았겠군.

온 가족이 한데 모여 저택 앞에서 찍는다고 했으니.

예상대로라고 해야 할까, 생각보다 빨랐다고 해야 할까.

오라비 닐이 돌아온 다음 날, 촬영반이라 불리는 매직비전 촬영을 하는 사람들이 찾아왔다.

오늘은 일하러 나가지 않고 집에 있던 양친.

돌아온 오라비 닐.

그리고 의사로부터 완치 판정을 받은 나와 내 전속 시녀 리노키스와 오라비의 전속 시녀 리넷, 노집사 제이스를 비롯한 많은 사용인.

리스톤가의 주된 인물이라고 할 수 있는 얼굴들이 저택 앞에 모였다. 뭐, 사용인들은 그냥 견학이지만.

그런 호기심 섞인 시선 앞에서 촬영반은 척척 준비를 진행해 나갔다.

"국장님. 간단한 미팅을 가질 수 있을까요?"

그중 한 명.

촬영반의 대표다운 풍모를 가진, 얼굴이 느끼한 중년 남자가 찾아와 부친에게 말을 걸었다. ……어라?

어디서 본 느끼한 얼굴인가 했더니, 흥분한 리노키스가 귓가에 속삭였다.

"아가씨! 벤델리오예요, 벤델리오! 벤델리오!"

그랬다.

그 느끼한 얼굴은 리스톤령 산책담에서 남의 속도 모르고 아침부터 술을 마구 퍼마시는 밉상. 프로그램 진행자인 벤델리오 아닌가.

그런데 실제로 보니 약간 인상이 강할 뿐, 영상에서 봤을 때처럼 느끼하지는 않았다. 그저 외양이 좀 화려한, 젊어 보이려고 노력하는 평범한 아빠라는 느낌이다.

아아, 그런가.

그 느끼한 얼굴은 화장인 건가.

지금이 보기엔 더 깔끔하고 좋은 것 같지만, 분명 강한 인상의 기름기 가득한 얼굴을 굳이 만드는 이유가 있는 것이겠지.

"네가 니아 양이구나."

부친과 간단한 미팅을 한 벤델리오가 부친과 함께 휠체어에 앉은 내게 다가왔다.

오오…… 실물이다.

가까이서 보니 진짜 진행자인 벤델리오다.

매직비전이라면 겉멋 든 느끼한 얼굴이 약간 화를 불러일으킬 때도 있는데, 이렇게 보니 정말 평범하게 눈치 빠른 아저씨라는 느낌이다.

일부러 쭈그리고 앉아 시선을 맞춰온 벤델리오에게 나는 인사했다.

"처음 뵙겠습니다, 벤델리오 님. 니아 리스톤입니다. 당신 얼굴은 마정판에서 매일 보고 있어요."

4계급 귀인으로서, 리스톤 영주의 딸로서 부끄러운 대답은 할 수 없다.

희미하고 애매한 지식 속의 아가씨다움을 총동원해 인사했다.

뭐, 어린애니까 어느 정도의 무례는 용서받을 수 있겠지.

그런 것보다도 가장 보여선 안 되는 것은 동요, 그리고 긴장이다.

그런 것은 틈을 내준다.

비록 동요하고 긴장하고 여유가 없더라도 여유를 가진 상태로 임할 것. 그것이 강자와 마주할 때의 최소한의 마음가짐이다. 뭐, 벤델리오는 강하지는 않아 보이지만.

애초에 난 전혀 동요하지도 긴장하지도 않았고 상당히 여유롭다. 오히려 바로 뒤에 있는 리노키스의 긴장감이 성가실 정도로 전해졌다.

"호오…… 매일 말이지."

벤델리오는 발랄하지도 기운 넘치지도 시원스럽지도 않지만, 약간의 영리함과 품위가 엿보이는 반듯한 내 인사에 의외라는 듯 만족스럽게 고개를 끄덕였다. 부친도 고개를 끄덕였다. 좋아, 무례하진 않았구나. 실수는 없었으리라. 지금으로서는.

"참고로 감상은 어떠니?"

"여유롭고 편안해서 저는 좋아요. ……다만 요즘 음주 장면이 너무 많지 않은가요?"

"그렇군. 그래, 나도 많다고 생각한다."

벤델리오는 쓴웃음을 지었다. 실물로 보니 역시 느끼한 얼굴이다.

"하지만 토속주나 특산품은 시청자들의 호응이 좋거든. 방영 후에는 잘 팔려."

그건 리노키스도 말했지. 홍보 효과가 있다나 뭐라나.

……확실히 그 마음은 안다.

벤델리오가 남의 속도 모르고 새벽부터 술을 마셔대는 것을 보면 나도 마시고 싶어진다.

그래, 나 같은 사람이 구매하는 거겠지.

"니아. 원고는 기억했니?"

"네, 아버님."

내가 생존 보고를 위해 전할 말은 양친이 미리 생각해 두었다. 나는 그것을 외웠을 뿐이다. 뭐, 짧은 문장이니까 문제없다.

"국장님. 니아의 메이크업은 어떻게 할까요?"

촬영반 중 한 명, 화장 도구를 가져온 여성에게 부친은 "오늘은 날씨도 좋으니 필요 없겠어"라고 답했다.

그렇군. 역시 영상에 잘 받는 화장이 있는 건가. 그렇다면 벤델리오의 느끼한 얼굴도 그런 이유일지도 모르겠다.

"……그럼 저기, 머리 색깔은 어떻게 할까요……?"

주저하면서도 물어본 이유는 양친 머리카락 색과 내 머리카락 색이 다르기 때문일 것이다.

내 머리는 회색 그대로니까.

생명력을 잃었을 때 그대로니까.

"그건……."

"그냥 이대로 좋아요."

부친이 망설이는 것 같아 나는 내 의견을 말했다. 고민이 된다면 내 의지를 우선시해줘.

"이 머리는 병과 싸웠다는 증거니까. 부끄러울 것은 전혀 없습니다."

게다가 내가 아니다.

니아가 싸운 상처이자 그녀가 있었다는 증거니까.

언제까지 하얀 채로 있을지는 모르겠다.

어쩌면 평생 이 색깔 그대로일지도 모른다.

어느 쪽이든 그녀의 상처를 숨길 생각도 부끄러워할 생각도 없다.

"……알았다. 니아가 그렇게 말한다면 그렇게 하자꾸나."

촬영 준비가 완료되었다.

사다리 같은 다리를 세워서 땅에 고정된 검은 상자. 카메라라고 하는 것 같다.

그 카메라에 달린 유리——렌즈로 영상을 기록하는 것이니 시선은 그쪽으로 향하라고 했다.

부친과 모친이 바로 뒤에 서고, 내 옆에 오라비가 서고, 중앙에는 휠체어에 앉은 내가 있다.

그리고 리스톤가를 섬기는 사용인들이 뒤에 늘어섰다. 구경꾼이라 생각했는데 그들도 나오는 것 같았다.

본격적인 촬영이 시작되자 사용인들이 노골적으로 긴장하기 시작했다. 말을 할 예정도 없는데 여기저기서 헛기침 소리가 멈추지 않는다.

양친은 경영자인 만큼 익숙한 걸까? 여유로워 보인다. 오라비는 좀 긴장했나.

나도 여유롭다.

병으로 목숨을 잃어가던 니아가 된 직후였을 때가 훨씬 더 스릴 있고 긴장감 있는 시간이었다.

무슨 일이 있어도 죽는 것보다 나을 것이다. 사실상 난 이미 한 번 죽었고.

그렇게 생각하면 동요할 일도 없고 감정도 그렇게 흔들리지 않았다.

나를 긴장시킨다면 반대로 굉장한 것이다.

"그럼 갈게요! 시선은 카메라로 부탁드립니다~!"

카메라 옆에 있던 벤델리오가 오른손 다섯 손가락을 하나씩 줄여가며 촬영 시작 신호를 보냈다.

손가락이 다 접히면 시작된다는 뜻이다.

"……시청자 여러분, 안녕하십니까. 리스톤가의 당주 올닛 리스톤입니다."

부친은 당당한 어조로 딸이 살아났다는 것, 많은 도움을 받았다는 것을 전하며 감사를 표했다.

모친, 오라비가 각자 한마디씩 말했고, 미팅 때는 여기서 나한테 영상이 향했다…… 아마도. 내 쪽에서 보기엔 아무런 변화가 없었지만.

"——."

발랄하다고도 활기차다고도 할 수 없지만, 나는 원고에 준비되어 있던 말을 적당히 영리하고 품위 있는 영애 같은 분위기로 말했고, 벤델리오의 "컷!"이라는 외침과 함께 촬영이 종료되었다.

별로 실감은 나지 않았지만, 이것으로 촬영은 끝이라고 한다.

휴우, 내 의무도 이걸로 끝이구나. 아아, 힘들어라.

지금 생각하면 어느 정도는 양친도 예상했을 것이다.

적지 않은 반향은 있을 것이라고.

물론 가족을 돕고 싶다는 생각이 든 것도 거짓말이 아니었고, 돕기 위해 최선을 다한 결과가 이것이었다는 것도 틀림없는 사실

이다.

하지만.

──병상에 있던 어린 소녀가 목숨을 구했다.

이 사실에 대한 반향은 절대 작지 않았다.

아직도 많은 사람이 지켜보고 있는 매직비전계에서, 의사도 두 손 두 발 다 든 환자가 목숨을 구한 실례가 생긴 것이다.

이 결과를 보며 많은 기업가와 투자자, 영지를 다스리는 귀인들이 매직비전이 가진 가능성과 막대한 이익을 확신했다.

지금까지는 완만하게 퍼져가던 매직비전의 문화가 이제 폭발적일 수준으로 단번에 퍼지게 된다.

그리고 나는──.

"그럼 니아, 부탁할게!"

알겠노라 하며 휠체어에서 일어나 카메라 앞으로 이동했다.

"셋, 둘, 하나, ──."

현장 감독의 손가락이 사라지고 촬영이 시작됐다.

"안녕하세요. 《니아 리스톤의 직업 방문》입니다. 오늘은 도검 복원사의 업무 현장을 방문해 보도록 하겠습니다."

그리고 나는 매직비전을 널리 퍼뜨리기 위한 홍보 대사로서 영상에 등장하는 일을 맡게 되었다.

"……1년여 전 제 딸 니아는 병에 걸렸습니다. 온갖 의사, 마법의, 마초학의 권위자나 도시 전설 같은 소문에도 의지해 봤지만,

희망도 덧없이 딸의 병은 악화해 갔습니다."

평소 겉이나 속이나 꾸며낸 듯한 사람 좋은 미소를 짓고 있던 그가, 이 순간만큼은 자세를 가다듬고 단정한 얼굴을 바짝 굳히고 있었다.

4계급 귀인 올닛 리스톤.

과거 그의 아버지 가뎃 리스톤이 비행선 사고로 다쳐 한동안 침대에서 움직이지 못했을 때, 그 빈자리를 메우기 위해 대타로 나선 외아들이었다.

아직 한참이나 젊은, 올해로 갓 31세가 된──위정자로서는 풋내기라고도 할 수 있는 수준의 남자였다.

하지만 수완은 있었다.

서투르고 위태로운 구석도 있었지만, 그것도 극복해 왔다.

그 모습을 보고 조금 이르지만 좋은 기회라면서, 가뎃이 리스톤 가문의 가독을 아들에게 물려준 것이다.

그것이 6년 전의 이야기이다.

전 리스톤 영주 가뎃은 현재 리스톤령 끝에 있는 부유섬에서 편안한 은거 생활을 하고 있었다.

참 부러운 이야기라고, 5계급 귀인인 빅슨 실버는 생각했다.

"……하아. 오늘도 지루하네."

올닛 리스톤의 이야기가 방영되는 가운데, 실버가의 막내딸인 레리아렛이 다섯 살의 표정치고는 무척이나 달관한 듯한 탁한 눈빛으로 떠 있는 마정판을 바라보았다.

다른 딸들은 아예 보지도 않는다.

아침 식사에 열중하거나, 오늘은 어디로 놀러 갈지에 대해 의논하고 있다.

올해 오십. 우연히도 가넷과 동갑인 빅슨은 하루빨리 실버가를 누군가에게 물려주고 얼른 은거하고 싶었다.

다만 딸밖에 없기 때문에 좀처럼 요원한 소망이 되고 있다.

그래, 딸밖에 없는 것이다. 그것도 딸만 넷이나 되는 것이다.

게다가 큰딸은 27세가 넘도록 결혼할 의지도 의욕도 없는 것인지 복식과 관련된 상회를 일으켜 일에만 푹 빠져 있었다.

식탁에 앉은 딸들을 보며 빅슨은 남몰래 한숨을 내쉬었다.

아직 후계자는 찾지 못할 것 같노라고.

──빅슨은 모험가가 되고 싶었다.

미개척지인 부유섬을 모험해 여러 발견을 하고, 마수와 싸우거나, 예상치 못한 가슴 뛰는 모험의 나날을 보내고 싶었다.

5계급 실버 가문의 장남으로 태어난 이상 이룰 수 없는 꿈이라는 것을 깨달은 뒤엔 마음속 깊이 간직하고 봉인했지만.

그런 그의 모험욕을 다시 불타오르게 한 것이 매직비전이었다.

막내딸은 '지루'하다고 했지만, 그 '지루한 영상'은 빅슨에게 큰 감명을 주었다.

특히 가끔 방영되는 모험가의 모습은 더욱 그랬다.

도입을 권유받았던 매직비전은 완전히 미지의 사업이었다.

이곳 알투아르 왕국이 왕의 권위 아래 있고, 철저한 준비를 마치고 시작한 까닭에 의리만으로 무식하게 비싼 마정판을 사긴 했지만.

애초에 뭘 하는 것인지 빅슨은 설명을 들어도 이해할 수 없었다.

방송이 뭐가 어떻다는 둥.

먼 곳의 경치를 볼 수 있다는 둥.

먼 곳을 보고 싶으면 멀리 가면 되지 않나.

이제 어느 영주든 비행선 정도는 갖고 있었고, 민간 대여 비행선이라는 것도 있었다.

아니지, 심지어 개인적으로 소유한 서민도 있을 정도다. 1, 2인승의 소형선이라면 이제 드물지도 않다. 실제로 실버가의 하녀가 그것을 타고 물건을 사러 나가기도 한다.

먼 길을 떠나는 것은 더 이상 큰 노력과 시간이 필요하지 않았다.

그래서 먼 곳의 경치를 보고 싶으면 직접 갈 수 있었고, 직접 가면 그만이라 생각했다.

그래, 그렇게 생각했다.

하지만 경치 같은 것과 달리 모험가가 모험하는 모습을 볼 수는 없었다.

처지상 빅슨이 위험한 미개척된 부유섬에 갈 수도 없었다.

모험가가 되고 싶다는 소망을 조금이나마 이뤄준 것이 이 매직 비전인 것이다.

빅슨의 몸은 이제 완전히 늙었지만, 마음속에 봉해두었던 모험욕은 소년이었던 그 시절 그대로 튀어나왔다.

마시면서 보려고 늘 함께 준비해두던 술을 마시는 것조차 잊어버리고 빨려 들어가듯 바라보았다.

이 실버령에도 방송국을 만들고 싶다는 생각을 조금씩 하기 시작한 것은 언제부터일까.

너무 많은 돈이 필요해서 도저히 결심을 내릴 수가 없었다.

만약 정말 방송국을 만든다고 하면 실버가의 저축 자금을 다 쏟아내도 모자랄 판이었다.

솔직히 올닛 리스톤이 매직비전 사업의 참가를 성급히 결정했다는 생각이 들기도 했다.

이런 종류의 사업은 조금만 기다리면 비용은 내려가기 마련이므로. 성급히 참가했다는 것을 이해하기 어려웠고, 이익률을 높이는 방법도 알 수 없었다.

그런 리스톤령 방송국이 만들고 있는 영상 《리스톤령 산책담》.

재미가 없진 않다.

하지만 막내딸의 말처럼 다소 지루하다. 너무 자극이 없다.

저것은 고연령층이 좋아할 만한 영상이라고 할 수 있었다. 뭐, 빅슨은 고연령층의 사람이므로 토속주와 특산품 주문은 자주 이용하고 있지만.

"아……"

요즘 늘 반복되는, 자신의 방송국을 만들어 모험물 프로그램만 내보내고 싶다는 그의 망상은 막내딸이 낸 작은 목소리에 의해 깨졌다.

망상에서 현실로 의식을 돌리자 마정판에는 올닛 리스톤 아들의 모습이 확대되어 담겨 있었다.

과연. 바로 수긍했다.

아직 십 대도 안 된 아이지만, 이미 앞날을 예상할 수 있을 만큼 아름다운 얼굴이다.

장래에는 필시 부녀자를 눈물 빼게 하는 청년으로 자랄 것이다.

막내딸은 자신 또래인 그가 마음에 든 것 같았다.

한 명이라도 좋으니 사위를 들이거나 빨리 시집을 갔으면 좋겠다. 아직 다섯 살밖에 안 된 막내딸에게 마음속으로 일러두었다. 대놓고 말하면 딸들 모두의 화살이 자신에게 향할 테니 말할 수 없었다.

그리고 병이 완치됐다고 하는, 휠체어에 앉은 하얀 소녀가 비쳤다.

병적일 정도로 흰 피부에, 마력 소진을 연상시키게 하는 회색에 가까운 흰 머리.

그에 맞춘 듯 프릴이 잔뜩 달린 흰 드레스를 입은 모습은 불면 날아갈 듯, 닿으면 부서질 듯 덧없고 몹시 연약해 보였다.

투명한 푸른 눈동자가 마정판 너머로 빅슨을 바라보았다.

──순간 빅토르는 생각했다.

'……정말 아이가 맞나?'

직전에 비친 올닛 리스톤의 아들이 아이답게 긴장한 모습을 보인 탓인지, 다음으로 비친 하얀 소녀의 차분함이 더욱 이질적으로 보였다.

정말 아이가 맞나 하는 의심이 들 정도로 당당한 평정심, 긴장감 없는 모습.

귀인답다고는 생각하지만, 그것도 경험 많은 노인일 때의 이야기다. 저건 결코 아이가 낼 수 있는 표정이 아니다.

"저 애……."

정신을 차려보니 딸들 모두가 마정판을 보고 있었다.

입을 연 것은 올해 27살이 되는 큰딸이다.

"왜 저렇게 촌스러운 옷을 입고 있어?"

옷에 대해서는 잘 모르지만, 귀인 아이의 차림새는 모두 저런 것이겠지 하고 빅슨은 생각했다.

"저 애……."

다음으로 입을 연 것은 얼마 전 20살이 된 둘째 딸이다.

"좋네. 귀엽다. 오빠도 여동생도. 남매. 남매에 아리따운 아이. 후후후. 망상. 가속."

어렸을 때부터 그림 그리는 것을 좋아해서 지금도 그리고 있다. 하지만 요즘은 어떤 그림을 그리고 있는지는 모른다.

남자였다면 범죄자로 고소당할 것 같은 질척한 미소를 지으며 섬뜩하게 후후후 웃는 둘째 딸을 보며 당분간 결혼은 무리겠군, 하고 빅슨은 생각했다.

"저 애……."

다음은 내년부터 알투아르 학교 고등부 진학이 확정된 15살 셋째 딸.

"강해 보이네. 굉장히."

텐파류라고 하는 무술에 빠진 셋째 딸은 둘째 딸만큼이나 이해할 수 없는 말을 했다.

저렇게 작고 여위고 강함과는 무관해 보이는 여자아이를 보며 강해 보인다는 것은 무슨 뜻일까. 빅슨은 알 수 없었다.

"호오……."

그리고 마지막으로 막내딸이 중얼거렸다.

"저 하얀 애, 다섯 살이구나. 나랑 동갑이네."

그게 가장 평범한 감상이군, 이라고 빅슨은 생각했다.

평범하기 때문에 더욱 성가시다는 걸 알게 된 것은 지금부터 몇 달 뒤의 일이다.

"아버님!"

요즘 아침 식사 자리에서 심기 불편한 얼굴로 마정판을 보는 일이 많은 막내딸이 끝끝내 폭발했다.

"저도 니아 리스톤처럼 매직비전에 나오고 싶어요!"

올닛 리스톤을 향한 감사를 말하는 영상 이후, 가끔가다 영상의 세계에 모습을 비추게 된 하얀 소녀 니아 리스톤.

이전과는 다른 연령층을 겨냥하기 시작한 영상은 실버가 막내딸 모두를 자극했다.

동갑이기 때문에 생각할 수 있는 "이 아이에게는 지고 싶지 않다"

라고 하는 대항 의식. 질투. 자신이 뛰어나다는 자신감.

귀인의 딸이기 때문에 다소 자만하는 부분이 있을지도 모르지만.

그러나 부모의 편애를 제쳐놓고 봐도 빅슨은 막내딸이 니아 리스톤에게 지지 않을 거라 생각했다.

분명 이때였으리라.

후일 니아 리스톤과 쌍벽을 이루는 붉은 우상이라 불리는, 레리아렛 실버가 탄생한 순간은.

　내가 매직비전으로 생존 보고를 마친 지 며칠이 지났다.

　겨울 추위가 기승을 부리는 요즘, 병마를 퇴치한 나는 비로소 몸을 만들기 위해 가벼운 운동 등을 시작했다.

　뭐, 그렇다 해도 가벼운 거지만.

　아직 달릴 수는 없고, 장시간 서 있기조차 어려울 정도로 몸은 쇠약하고 연약했다.

　이대로는 내 주먹의 만분의 일조차 재현할 수 없을 것이다.

　그걸 떠나서 툭 치기라도 하면 온몸의 뼈가 부스러지고 근육이나 힘줄이 끊어질 것 같다.

　하지만 초조해할 필요는 없다.

　내가 알투아르 학교에 입학하는 것은 내후년이다.

　이제 연말이라 올해는 곧 끝나지만, 그래도 꼬박 일 년 이상의 시간이 남았다.

　그때까지 남들처럼 지낼 수 있을 정도로 몸을 만들어 두면 된다.

　병을 치료했는데 무리한 훈련이 해가 되어 몸이 망가졌다……라는 한심한 일이 생기지 않도록 조급해하지 않고 차분히 해 나갈 생각이었다.

　생존 보고를 통해 리스톤가에서는 우선 일단락은 지어진 듯했다.

　하지만 내 생활이 특별히 변한 것은 아니다.

　변화라고 하면 아침에는 양친과 같은 테이블에 앉아 함께 아침을 먹는 정도려나.

낮에는 그들이 없고, 밤에는 양친의 귀가 시간이 일정하지 않아 따로 정해두지 않았다. 시간이 맞으면 함께 먹는 정도였다.

지금은 겨울 휴가 중인 오라비 닐이 저택에 돌아와 있어 세 끼 식사는 그와 함께하고 있었다.

그 오라비의 검술 훈련을 휠체어 위에서 지켜보는 것도 지금의 일과였다.

오라비인 닐과 그의 전속 시녀 리넷이 목검으로 겨루는 모습을 보면서 뒤에 있던 리노키스와 한가롭게 이야기를 나누었다.

"닐 님, 역시 굉장히 강해지신 것 같지 않나요?"

"그래. 여름에 비하면 말이지."

그랬다. 여름 휴가 귀성 당시와 비교하면 오라비의 움직임이 현격히 좋아진 상태였다.

특히 검의 형태, 봉이라는 형태를 염두에 두고 있다는 것이 느껴졌고, 꽤 능숙하게 무기를 다루고 있다.

여름에 봤을 때는 몸 전체를 써서 있는 힘껏 휘두를 뿐이었다.

지금 그의 움직임은 어린아이이면서도 검사 그 자체였다.

……그래, '베는' 것만이 목적이라면 힘껏 휘두르지 않아도 된다. 검날을 맞춰서 미끄러뜨리는 것이다. 정면으로 받지 말고 받아 흘려낸다. 그렇지. 몸이 작고 힘이 없다면 오히려 그것을 역으로 이용한 움직임을——.

"아가씨. 편지가 왔습니다."

음?

머릿속으로 찬찬히 오라비의 움직임을 음미하고 있는데, 낯선 목소리가 나를 일깨웠다.

뒤돌아보니 온화한 얼굴을 한 초로의 정원사가 양손에 편지 뭉치를 들고 서 있었다.

양쪽 모두 상당한 두께였다.

아마 저 다발은 온 가족의 몫일 것이다.

내가 니아가 된 지 벌써 반년이 넘었는데 편지가 온 것은 처음이었다.

……얼마 전 이제 막 다섯 살이 되었을 뿐 가족이나 가문 사람 이외의 교류는 없었다. 그래서 편지를 주고받을 상대가 있다고는 생각되지 않은데.

"맡아두겠습니다."

리노키스가 받아서 나한테 내밀어왔다.

"……어? 전부 나한테?"

가족의 몫일 텐데 전부 넘겨준다.

"그런 것 같습니다."

리노키스는 고개를 끄덕였지만…… 뭐지. 도무지 짚이는 곳이 없는데.

간단한 문자는 읽을 수 있었다.

20통 정도의 봉투를 한 통씩 뜯어서 받는 이의 이름을 살펴보니…… 모든 것이 '니아 리스톤'에게 보낸 것이었다.

즉, 나에게 보낸 것이다.

"그쪽은?"

"아, 널 님 앞이다. 맡아줄래?"

정원사의 다른 손에 들려 있는, 내 것보다 조금 두꺼운 편지 뭉치는 오라비에게 보내는 편지인 것 같았다. 지금은 훈련 중이라 리노키스가 맡아두었다.

그럼 자신은 일하러 돌아가겠다며 정원사는 그대로 가버렸다.

뭐, 그것보다도 편지가 먼저다.

발신인의 이름을 봐도 누구 하나 모르는 자뿐이다. 원래의 니아는 알고 있었을지도 모르지만.

"대체 뭘까?"

"네? 그거잖아요?"

응?

"알아? 리노키스."

"네, 그럼요."

진심으로 영문을 모르는 나에게 그녀는 아무렇지도 않게 답했다.

"분명 팬레터일 거예요."

오늘치 오라비의 훈련을 지켜본 뒤 내 방으로 돌아왔다.

발신인에 관해 곧바로 짐작이 가지 않는 편지에 페이퍼나이프를 넣어 한 통 한 통 열었다.

과연, 팬레터라.

병이 나아서 다행이다.

나도 병이 있지만 니아 님처럼 건강해지고 싶어요.

저도 예전에 아이가 있었는데 병으로 잃었답니다. 니아 님과
같은 5살이었어요. 도저히 남의 일 같지 않아 저도 모르게 편지
를 썼습니다.

귀여워. 결혼해줘.

처음 본 순간부터 잊을 수가 없어요. 다음에는 언제 매직비전
에 나오나요?

하얗고 귀여운 나의 천사 아가씨. 펜팔해요.

어린 미소녀! 어린 미소녀!

이 편지는 악마의 편지입니다. 같은 내용의 편지를 8명에게 보
내지 않으면 악마에게 매료됩니다.

나이 차이는 몇 살까지 가능한가요? 20살 이상은 무리일까요?

——이는 매직비전에 출연한 반향이었다.

팬……인지는 모르겠지만 이것이 나, 니아 리스톤이 했던 생존
보고에 대한 세간의 반응이다.

기쁜, 건가?

솔직히 이걸 받고 어떻게 받아들이면 좋을지 나는 잘 모르겠
지만.

예상하던 내용도 있으니까 솔직하게 감사…… 하면 되는 걸
까……?

…….

뭐, 일단 악마의 편지는 없애둘까? 이건 절대 팬레터가 아니다. 세상 물정을 모른다고 해도 그 정도는 안다.

이것이 첫 번째 반향이었다.

그리고 깨달았다.

이건 끝이 아니라 시작 신호였음을.

나와 오라비에게 팬레터 같은 것이 도착한 지 며칠이 지났다.

나에게 오는 편지는 하루에 두세 통, 오라비에게 오는 편지는 하루에 열 통 정도일까.

사실 오라비 쪽이 더 인기가 많다.

편지의 내용도 그렇고, 모르는 사람에게서 갑자기 오는 편지도 그렇고.

어쨌든 상당히 곤란해하기에 오라비에게 온 편지 내용을 은근슬쩍 그의 전속 시녀 리넷에게 물어보니.

남녀 불문하고 사랑을 속삭이는 내용이 많다고.

과연.

오라비 닐은 아직 어린아이인데 벌써 모친 쪽을 닮아 미형이다.

장래엔 여자를 울리는 남자가 될 거라 생각했는데, 그 이상의 존재──남녀 불문하고 울리는 남자가 될 것 같다.

뭐, 그렇다면 당황스럽기도 하겠지.

한 번 목숨을 다할 때까지 살았던 나라면 '아하, 호오, 흐음' 몇 마디로 적당히 에둘러 구렁이 담 넘어가듯 넘어갈 수 있지만, 아직 열 살도 안 된 다감한 소년기에 남녀 불문하고 잘 모르는 어른들에게 구애를 받는 것은 괴로울 것이다.

……

"동생보다 남자한테 인기가 많다는 건 어떤 기분이야?"라고 물어본다면 평생 잊을 수 없는 상처가 되는 걸까. 가여우니 물어보진 않겠지만.

아무튼.

편지의 내용이 각양각색이었던 탓에 우리에게 보여주기 전 양친의 점검 단계를 거치게 되었다.

바람직하고 적절한 판단이라고 생각한다.

그리고 나도 오라비도 직접 편지를 건네받는 일은 없어진 요즘, 그가 다시 돌아왔다.

"아가씨. 주인님과 사모님이 부르십니다."

밤에 오라비와 저녁 식사를 마치고 방으로 돌아온 직후의 일이었다.

노집사 제이스가 말을 걸어왔다.

"니아도 불렸어?"

이동 도중, 아까 식당에서 헤어진 오라비 닐과 전속 시녀 리넷 두 사람과 합류해 응접실로 향했다.

그곳에는──.

"안녕, 닐 군. 니아 양."

리노키스가 "앗" 하는 소리를 냈다. 매직비전을 좋아하는 그녀에게는 그야말로 동경하는 사람과의 재회 같은 느낌일 것이다. 사인도 받고 있었으니까.

그랬다. 재회.

양친과 함께 응접실에서 기다리고 있던 것은 매직비전에서 《리스톤령 산책담》의 진행자를 맡은, 프로그램의 메인 얼굴이자 느끼한 얼굴이기도 한 벤델리오였다.

"중요하게 할 얘기가 있다. 둘 다 앉으렴."

다녀왔다는 말보다도 먼저, 아직 업무복을 입고 있던 양친 중 아버지가 나와 오라비 닐을 소파에 앉혔다.

중앙에 로우 테이블을 두고 오른편에는 양친이 함께 있고 왼쪽에는 벤델리오가 앉아 있었다.

마치 우리가 중앙 자리에 앉은 듯한 자리 배치였다.

"다녀오셨어요, 아버지. 어머니. 어서 오세요, 벤델리오 씨."

오, 좋은 타이밍에 오라비가 인사를. 나이에 비해 야무지군.

역시 4계급 귀인의 장남이다. 부모의 교육이 잘되었다는 뜻일까?

"다녀오셨어요. 어서 오세요."

하는 김에 나도 인사해 두었다.

부친은 고개를 끄덕이더니 곧장 용건으로 들어갔다.

"벤델리오가 먼저 할 얘기가 있다고 하니 먼저 들어주겠니?"

그렇겠지.

리스톤 저택에 양친이 있는 것은 당연한 일이지만 벤델리오가 있는 것은 부자연스럽다.

이 상황에 나와 오라비를 불렀다면 그에게 용건이 있다고 생각하는 편이 자연스러웠다.

……그 전에 이 사람이 왔다는 것은 용건도 어쩐지 알 것 같다.

나와 오라비가 시선을 돌리자 벤델리오는 느끼한 얼굴로 미소를 지으며 말했다.

"지난번 방송의 반응이 좋았거든. 괜찮다면 너희 두 사람이 다시 매직비전에 나와 줬으면 좋겠구나."

역시 매직비전 관련 내용인가.

"……죄송합니다만, 대답 전에 질문을 좀 드려도 될까요?"

오라비가 냉정한 목소리로 말했다.

"먼저 확인할 것이 있는데, 저와 니아의 출연은 마정판을 팔기 위한 것…… 다시 말해 홍보를 겸한 출연인가요?"

혹은 높으신 분들을 만나 교류하는 기획의 일환인가.

혹은 부유섬으로 가는 모험가에게 응원 메시지라도 보내는 것인가. 그렇게 오라비의 질문은 이어졌다.

내가 시청을 금지당한 프로그램 중에는 그런 종류의 것도 있는 것 같았다.

오라비의 질문에 벤델리오는 "홍보가 맞아"라고 답했다.

"매직비전도 마정판도 아직 널리 보급되지 않았다. 일부 귀인이나 부자 정도만 도입했다는 것이 현실이지. 그래서 지금은 어쨌든 홍보가 필요해. 더 확장해야 해."

이에 관한 일은 리노키스에게도 들었다. 역사가 짧다고 했던가.

일단 방송국과 채널을 가진 리스톤령에서는 매직비전에 대한 지식도 마정판도 조금이지만 넓어지고는 있었다. 아, 같은 이유로 왕도도 적잖이 퍼진 상태일까.

그러나 다른 영지에서는 매직비전이라는 문화 자체조차 모르는 곳이 있다는 것이 현 상황이었다.

원인은 역시 아직도 비용면에서 너무 비싸기 때문이라고.

작은 마정판이라도 서민들의 몇 년 치 생활비가 나갈 정도로 비싸다고 한다.

게다가 방송국에서 보내는 영상은 그것을 수신하기 위한 마법 탑이라는 것이 근처에 있어야만 나올 수 있었다.

거기에 더해 마정판을 움직이기 위한 마석도 필요하다.

매직비전이라는 문화를 확산시키기에는 어쨌든 부족한 것들이 많았다.

좀 더 자세히 묻고 싶지만, 지금은 관두자.

생각보다 오라비가 내막을 잘 아는 것 같으니 양친이 없을 때 그에게 물어보는 것이 좋겠다.

"그렇다면 지금 나서야 할 사람은 니아입니다."

음? 나?

"매직비전 덕분에 병에서 생환한 영주의 딸. 니아는 매직비전이 있으면 이런 것도 할 수 있다는 가능성을 등에 업은 존재입니다. 게다가 지금의 매직비전에는 거의 아이가 출연하지 않죠. 그 희귀성 때문인지 시청자들은 니아에 대한 높은 흥미와 기대를 품고 있습니다. 지금의 니아라면 매직비전을 내놓기 위한 홍보 대사로서는 적임이라고 생각합니다……라고, 어린아이인 제가 생각할 수 있을 정도이니, 아버님이나 어머님도 벤델리오 씨도 비슷한 생각을 갖고 계실 거라 생각합니다."

호오…… 어린아이인데 어린애답지 않게 오라비는 머리가 좋군.

남녀 불문하고 울릴 예정인 사람은 역시 하는 말도 다르다.

"촬영도 쉽게 할 수 없는 데다 저는 곧 알투아르 학교로 돌아가야 해요. 기숙사로 돌아가면 시간도 거의 낼 수 없게 될 겁니다. 그런 저보다는……."

그리고 오라비는 옆에 있던 나를 보았다.

"지금으로서는 쇠약해진 몸을 건강하게 회복하는 것 외에는 할 일이 없는 니아가 시간적인 부분도 만들기 쉽지 않을까요? 상황적으로도 좋을 것 같습니다만."

그렇다고 한다.

요컨대 나보고 나가라는 것이다.

"음…… 논리로만 말하자면 그렇다만."

부친은 쓴웃음을 짓고 있었다.

오라비의 이론은 어쩌면 이제부터 어른들이 우리에게 설득시키려던 내용이었을지도 모른다.

"니아는 어떻게 생각하니? 매직비전에 또 나오고 싶어?"

내 대답은 정해져 있다.

"딱히 매직비전에 나가고 싶다는 마음은 없습니다. 하지만……."

나가고 싶진 않지만, 나가야 할 이유는 있다.

"아버님과 어머님이 원하신다면 저는 하겠습니다. 저를 위해 얼마나 많은 애정과 마음고생과 돈을 쓰셨는지 상상할 수조차 없는걸요. 비록 어린아이지만 받은 큰 은혜는 갚고 싶습니다."

작은 은혜보다 큰 은혜가 오히려 더 지나치기 쉽다는 말도 있지만.

나는 아니다.

니아의 몸을 받아 니아를 대신하여 살고 있었다. 가만히 있을 수는 없다.

양친은 조금 곤란한 듯 얼굴을 마주 보았다.

"우리의 의견 말고 네 뜻을 들려줬으면 좋겠구나."

모친의 말에 나는 지체없이 답했다.

"아버님과 어머님의 소망에 부응해 최대한 도움을 드리고 싶다. 그것이 제 뜻입니다. 리스톤가의 딸로서 그렇게 생각하는 것이 잘못된 것일까요?"

이리하여 나의 매직비전 재출연이 결정되었다.

전혀 예상치 못한 흐름이었지만 행동 범위가 넓어진다는 것만은 확실했다.

양친에게 한 말에 거짓은 없다.

그들이 매직비전 보급을 목표로 한다면 효도를 겸해 나도 기꺼이 도와줄 것이다.

몸이 불편한 것과는 별개로 이제 슬슬 실전 분위기를 느끼고 싶은 참이었다. 이대로라면 승부 감각도 녹슬어갈 뿐이다.

어딘가에서 피비린내 나는 일이라도 생긴다면 좋겠는데.

……가능하다면 내가 직접 마수든 야생 동물이든 다 죽여버리고 싶었지만, 그건 아무래도 아직 너무 높은 꿈이었다.

나의 매직비전 재출연이 결정된 다음 날부터 실로 신속하게 이야기가 진행되기 시작했는데——일단 그것은 제쳐 두고.

움직이기 전 매직비전과 마정판 주변 사정에 대해 좀 더 자세히 알고 싶었다.

내 역할이 모호하고 아직 이해가 안 되기 때문이었다.

과연 홍보 대사란 무엇을 해야 할까.

아이 특유의 귀여움과 아첨을 보여주면 되는가. 아니면 무를 이용해 세계를 통솔하면 되는가. 권력자나 실력자를 닥치는 대로 힘으로 짓뭉개버리면 되는가. 이건 해보고 싶다. 좀 많이 해보고 싶다.

평상심을 유지하면서도 이렇게 폭력적인 것만을 생각하는 것으로 보아, 나는 분명 싸우는 것밖에 하지 못하는 전생을 살아왔을 것이다.

그렇다고 해서 니아 대신 해야 할 일을 포기할 수는 없다.

그렇다면 어떻게 하면 좋을까.

그런 의문도 있었기에 벤델리오가 온 다음 날 점심에 오라비에게 물어보았다.

오라비 닐은 생각보다 리스톤 영지 사정에 대해 잘 알고 있었다.

특히 지금 양친이 심혈을 기울이고 있는 매직비전과 관련된 일도 숙지하고 있는 듯했다.

하지만 내가 질문하자 오라비는 눈썹을 치켜세웠다.

"아버지와 어머니는 니아가 너무 집안 사정에 얽히지 않았으면 하는 눈치시던데……."

"새삼스럽네요. 그렇게 열변을 토했던 오라버니가 왜 여기서 사양하는 거죠?"

'지금은 니아를 쓸 때다'라든가, '니아가 제격이다'라든가.

'본인의 팬들이 무서우니까 동생을 방패 삼자'라든가.

요약하자면 그런 말들을 하면서 노골적일 정도로 나를 밀었지 않은가.

"……말해 두지만 나도 잘 아는 건 아냐."

"어머, 그래요?"

"응, 아버지 어머니한테 들은 게 아니라 내가 직접 알아본 것뿐이야. 실은——."

어렴풋이 알고는 있었지만, 리스톤가는 매직비전업계에 터무니없는 자금을 투자하고 있는 듯했다.

오라비의 예상으로는 이미 가세가 기울어질 정도의 큰돈을 쏟아붓고 있는 것 같다고.

"원래는 니아, 몸이 약한 너를 돕기 위해 한 진입이었어. 언젠가 네가 큰 병으로 쓰러질 걸 예상하고 널리 '도움의 손길'을 뻗기 위해 재빠르게 도입을 결심하셨다는데……. 내가 보기엔 그 외에 매직비전이 낳을 막대한 이익도 내다보셨을 거라 생각해."

그야 그렇겠지.

작은 마정판 하나가 서민들의 몇 년 치 생활비와 맞먹었다.

아무리 리스톤가가 귀족 계급이라도 무한한 재산이 있는 것도 아니고, 아무렴 딸 하나의 목숨만을 위해서 가세가 기울어질 만큼 큰돈은 쓰진 못할 것이다.

리스톤가의 재산은 영지의 보호와 발전에 사용되어야 했다.

어쩌면 본래 쓰지 말아야 할 백성들의 혈세조차 매직비전업계에 투자되고 있을지 모른다.

……요컨대 내가 갚아야 할 은혜는 그렇게 쉽게 갚을 수 없는 은혜라는 뜻이기도 했다.

"그래서 지금 재정은 괜찮은 건가요?"

"모르겠어. 리스톤령에 있는 부유섬 중 몇 곳은 상단 가문에 팔기도 한 것 같은데 빚은 지지 않았을 거야. 할아버지께 진 빚은 있는 것 같지만…… 그래도 1, 2년 만에 쓰러질 정도로 절박하지는 않아. 어디까지나 내 예상이지만."

즉.

반대로 말하면 1, 2년 만에 매직비전과 관련하여 이익을 내지 못한다면 리스톤 가문은 위태로울지도 모른다.

"니아가 신경 쓸 필요는 없어."

오라비는 참으로 믿음직스럽게 단언하고는, 눈을 내리깔았다. ……샐러드를 찍은 그의 포크가 덜덜 떨리고 있었다.

"나, 나는 돈 많은 팬들이 있으니까…… 내가 신부를 들이거나 사위로 들어가거나 하면 돈은 어떻게든 될 거야……. 다행히 약혼자도 없고, 내가 희생하면……."

"그러지 마세요."

나도 모르게 말이 나왔다.

도저히 끝까지 듣고 있을 수가 없었다.

오라비가 팬레터에 당황했던 진짜 이유를 알 것 같았다.

머리가 너무 좋다는 것도 생각해 볼 일이다.

자신의 몸을 파는 일은 아이가 생각해서는 안 될 일이다. 사람에게는 저마다의 사정이 있으니 강하게 설파할 생각은 없지만, 어른이 한다고 해도 별로 칭찬받을 만한 일은 아니다.

"오라버니는 리스톤가의 뒤를 이을 거잖아요? 그 경우라면 제가 해야 한다고 생각해요. 여차하면──."

모험가가 되어 미개척지인 부유섬에 방문해 돈이 되는 마수를 되는대로 사냥한다. 그런 상황에서 망설일 필요가 뭐 있겠는가. ……음? 의외로 나쁘지 않은데?

그런 삶의 방식도 대단히 좋겠다고 생각하고 있는데, 오라비의 꾸지람이 날아왔다.

"안 돼! 동생을 지키지도 못하는 오라비가 될 순 없어!"

…….

"오라버니, 귀엽네요."

매직비전 이야기 때부터 옆에 있던 리노키스는 안절부절못하고 있었다.

리스톤가의 재정 이야기가 나왔을 때부터 옆에 있는 노집사 제이스는 눈을 내리깔고 있었다.

"내가 희생하면"이라며 아이답지 않은 말을 꺼낸 뒤부터, 그의 전속 시녀 리넷이 조그맣게 "돈만 있으면……" 하는 불온한 중얼거림과 불온한 기색을 내비치고 있었다.

그런 그들조차 오라비 닐의 이 남자다움에는 빙긋 웃었다.

참고로 나도 빙긋 웃었다.

그의 결의나 말을 무시할 생각은 없지만, 어쨌든 무척 귀여웠다. 매직비전에 내보내면 분명 팬이 급증할 것이 분명했다. 나온다면 좋을 텐데.

"넌 가끔 하대하는 듯한 말을 쓰는구나."

그건 어쩔 수 없다.

전생을 합치면 적어도 오라비의 배 이상은 살았을 테니까.

아무튼 귀여운 오라비를 위해서라도 어떻게든 활로를 찾아야 했다.

그런 대화를 하던 날 밤, 다시 벤델리오가 느끼한 표정과 함께 찾아왔다.

이걸로 이틀 연속이다.

"지금 방송국에서는 니아 양을 어떤 형태로 영상에 내보내면 좋을지에 대한 논의가 진행 중이란다."

어제 만난 응접실에서 양친과 오라비와 벤델리오가 동석한 가운데, 앉아 있는 내 앞으로 많은 서류가 펼쳐졌다.

"우린 이걸 '기획'이라고 부르는데…… 여러 개 나오긴 했지만 좀처럼 정해지지 않아서 말이다. 이참에 본인의 희망도 물어보자 해서 갖고 나왔단다. 이 중에 관심 가는 게 있니?"

과연. 내가 고를 수 있다는 건가.

몇 가지를 손에 들고 대충 내용을 훑어보았다. 가끔은 옆에 있는 오라비한테 읽어달라고 하면서.

──서민들의 밭일에 섞여 땀 흘리는 모습을 보란 듯이 방영한다.

──유명 모험가의 일일 제자가 되어 함께 행동하며 모험가 홍보도 겸해 보란 듯이 방영한다.

──오랜 세월 손대지 않은 대형 식품 창고를 청소하고 진품과 골동품을 보란 듯이 방영한다.

──부자들의 웅장한 저택에 방문, 부자들의 기부금 목적으로 접근하여 보란 듯이 방영한다.

등등.

……음.

본래 매직비전에 나오고 싶지 않았던 나로서는 어느 것도 감이 안 오는데. 그러니 어느 것이 옳다고도 옳지 않다고도 할 수 없었다.

그렇다면.

나는 서류를 테이블로 되돌려 놓고 말했다.

"전부 하죠. 생각하신 것들 전부."

리스톤 가문의 재산 보전을 위해서다. 한두 번 매직비전에 나와서는 밑 빠진 독에 물 붓기일 것이다.

애초에 이것이 어떻게 이익으로 이어지는지조차 알 수 없을 정도다. 뭐, 그와 관련된 어려운 일은 양친이나 오라비가 생각해 주겠지.

지금 내가 할 수 있는 것은 어쨌든 매직비전에 나와서 이 문화를 지금보다 더 보급하는 것이다.

세세한 내용을 채워가는 과정에서 드디어 나의 매직비전 재출연…… 아니, 여러 번 촬영하게 될 프로그램이 정해졌다.

이름은 《니아 리스톤의 직업 방문》.

나 니아 리스톤이 매번 다양한 직업을 체험하며 소개한다는 기획이었다.

기획 후보로서 많은 제안이 나왔지만, 그중 상당 부분의 공통점이 '내게 시키고 싶은 것에 전문 직업이 있다'는 점이었다.

그렇다면 내가 그 길의 프로에게 반나절 제자가 되는 형태로 직업 체험을 하고 그 모습을 촬영하자, 라고 하여 그런 내용으로 정해졌다.

이 형태라면 매번 '여러 가지 일을 한다'는 취지를 바탕으로, 여건이 된다면 이 세상 직업의 수만큼 다양한 기획을 해낼 수 있다.

기본적으로 아직 촬영한 프로그램 자체가 적었다.

온종일 매직비전을 보고 있으면, 지금까지 몇 번이나 재방송한 프로그램이 또 흘러나오는 현상이 일어나고 있다.

그렇기 때문에 기획 출범부터 촬영일까지의 기간이 상당히 짧게 느껴졌다.

"자, 아가씨, 손 주세요."

"감사합니다."

우리를 데리러 온 것은 짙은 회색으로 반짝이는 최신식 소형 비행선이었다.

바닥에 놓인 트랩을 밟고 직접 올라가려던 나는 내려서서 마중나온 벤델리오에게 느끼한 얼굴로 에스코트 받았다.

순식간에 여러 가지 일들이 결정되어 지금부터 첫 촬영을 하러가게 되었다.

……그건 그렇고 최신식 비행선이라…….

솔직히 이런 금속감이 통째로 드러난 금속 덩어리가 하늘을 난다는 것을 아직도 믿을 수 없다……. 별로 타고 싶지 않지만, 그래도 이런 곳에서 머뭇거려봐야 어쩔 수 없기 때문에 얼른 타버리기로 했다.

사실 재출연 얘기가 나온 지 불과 며칠 지나지 않았다.

아직 오라비 닐은 알투아르 학교로 돌아가지 않고 리스톤가에 남아 있다.

그리고 내 뒤에서 따라오고 있었다.

여동생의 첫 촬영이니 동행하겠노라 나섰기 때문이었다. 양친이 일 때문에 동행하지 못한다는 것을 알았기 때문이기도 했다. 내가 걱정되는 거겠지. 정말이지 귀엽다.

오라비의 전속 시녀 리넷과 내 전속 시녀 리노키스가 휠체어를 들고 이어서 들어왔다. 리스톤가 일행이 탑승하자 비행선은 곧바로 고도를 높여갔다.

배웅을 나온 노집사 제이스와 메이드, 정원사들에게 손을 흔들어주자 그들이 서서히 멀어진다.

부유섬.

본래는 바다보다 깊이 뿌리내린 하나의 큰 대지였다고 하는, 공중에 뜬 대지 조각.

일찍이 '대지를 찢는 자 비케란더'…… 신수라고도 불리던 특급 마수가 대륙을 갈라 찢었고, 그 대지 조각이 하늘에 떠올랐다고 한다.

그것이 부유섬 현상이다.

바다에 뿌리박힌 대지도 남아 있지만, 절반 이상이 조각났다고 한다.

그것이 수백 년 전의 일이라고.

이 부유섬 현상은 당시에는 심각하고도 엄청난 피해를 입혔겠지만——.

급격한 환경 변화에 노출된 부유섬 동식물은 독자적인 진화를 통해 생존 경쟁에서 살아남았다.

강한 개체가 환경의 변화를 통해 더욱 강해지거나 혹은 멸종되어 새로운 생물이 탄생하기도 했다.

따라서 부유섬의 생태계는 부유섬의 수만큼 존재하며 모두 제각각이라고 한다.

그리고 생물만의 이야기에 국한되지 않았다.

아직 해명되지는 않았지만 부유섬에는 던전이라 불리는 미궁이 있는 경우도 많다고 한다.

원인은 알 수 없지만, 이것도 환경의 변화가 원인이 되어 생긴 것이라고 했다.

비행선이 발명됨으로써 비로소 옆 부유섬으로 갈 수단이 확보되었고, 그렇게 미개척된 전인미답 부유섬 조사 탐색이 시작된 것이 대략 백 년 전의 일이다.

참고로 알투아르 왕국에서 리스톤 가문과 같은 귀족 계급은 큰 부유섬과 그 주변에 있는 작은 섬들의 관리를 맡고 있었다.

조사 개척으로 얻을 수 있는 자원도 확실히 존재했기 때문에 어느 영지에서나 부유섬의 조사를 진행하고 있다고.

처음으로 하늘에서 내려다본 리스톤가의 저택이 있는 부유섬. 그곳에서 시선을 움직이자 저편에는 건물이 가득 들어찬 커다란 부유섬이 보였다.

리스톤 본령지 혹은 본섬이라 불리는 리스톤령 최대의 섬이다.

방송국도 그 본령지에 자리하고 있어 매일 양친이 일하러 가는 곳이기도 했다.

몇 개의 섬이 떠 있는 것도 보였지만, 거리가 너무 멀어서 잘 모르겠다.

꽤 이른 시기 가독을 물려주었다는 친조부는 어딘가의 작은 부유섬에 살고 있다고 한다. 어디일까.

"저기 섬에 할아버님이 살고 있어. 니아를 계속 걱정하고 계셨지. 틈틈이 얼굴을 보여주러 가면 좋아하실 거야."

옆에 있는 오라비에게 물었더니 손가락으로 알려 주었다. 그렇군, 저곳인가. 참고로 오라비가 기숙사에 들어가 있는 알투아르 학교는 왕도 알투아르에 있다고 한다.

......

부유섬도 굉장하지만 눈 밑에 펼쳐진 바다도 굉장했다.

이곳 역시 부유섬 현상의 영향으로 위험한 생물이 늘어났다고 한다.

근해라면 비교적 안전하게 고기잡이를 할 수 있다고 하는데, 대해 주변은 대형 마수의 소굴이라고. 이 시대에도 너무 위험해서 조사조차 할 수 없다고 한다.

왕도는 대지의 조각이 아니라 바다에 뿌리박힌 대지라고 들었는데…… 리스톤 본령도 저렇게 큰데 저보다 더 큰 대륙이 있다는 말인가.

"니아, 미팅 좀 해도 될까?"

선내에 들어가지 않고 경치를 보고 있는 우리에게 벤델리오가 말을 걸어왔다.

비행선은 마석에 의해 내풍 가공이 되어 있어 바람의 영향을 덜 받았다.

본래 상공은 바람이 강한 법인데, 덕분에 갑판에 나와 있어도 강한 바람에 떠밀리거나 바람에 가려 목소리가 닿지 않는 일도 없었다. 물론 비행선도 거의 흔들리지 않았다.

리스톤가 저택이 있는 저 섬에도 설치되어 있는 듯했다.

······뭐, 그런 것은 차치하고, 여기서도 평범한 목소리 톤으로 충분히 대화를 나눌 수 있으니 이야기는 여기서 해도 상관없겠지.

"니아 양은 생각보다 영리하고 사정을 알고 싶은 것 같으니까, 조금 깊이 있게 얘기해 두고 싶어서. 그저 어린애라면 말하지 않았겠지만, 너는 괜찮을 거라고 생각한단다."

호오. 깊이 있는 이야기라.

"벤델리오 씨. 그 이야기는 부모님의 허락을 받은 건가요?"

오라비의 시선이 따가워졌다. 귀엽군. 동생을 지키려고 하는 오라비의 모습은 꽤 보기 좋았다. ······무시할 생각은 조금도 없지만, 정말 귀엽다.

"아니, 안 받았어. 하지만 니아 양이 목적을 알고 있는 편이 더 움직이기 편할 거라 생각한다. 시키는 대로 할 아이는 아니지? 제대로 본인의 의견을 가지고 있고, 자기 의견을 말할 수 있는 아이야. 연약한 외모 그대로의 아이가 아니지. 어른에게 위축돼서 하고 싶은 말을 못 하는 일도 없을 테고."

대체로 그 말대로였고, 벤델리오가 하고 싶다는 말에도 관심이 있었다.

"오라버니, 얘기만 일단 들어봐요."

애초에 이 이야기는 벤델리오의 부탁에 마지못해 받아들인 이야기가 아니었다.

따지고 보면 리스톤 가문을 위해 리스톤가의 가족들이 힘을 모으겠다는 이야기에 지나지 않는다.

오히려 아이를 상대로도 정중하게 대우해주고, 아이에게 말할 수 없는 말이라도 해두자고 판단하는 벤델리오는 협력자로서 신뢰할 만한 사람이라고 생각했다. 얼굴은 느끼하지만.

오라비가 마지못한 얼굴로 침묵하자 나는 벤델리오에게 고개를 끄덕여 보였다.

그러자 그가 말을 꺼냈다.

"어쨌든 우선은 물량이 필요해. 방송하는 프로그램 말이야. 적어도 하루걸러 재방송이 들어가는 정도는 만들고 싶단다. 그래서 일정이 좀 분주해질 수도 있어."

그래, 지금은 재방송만 하고 있어서 그렇겠지.

확실히 방송하는 프로그램 자체가 아직 적을 것이다.

"만약 몸이 아프다면 주저하지 말고 말해줘. 어차피 피로는 금방 얼굴에 드러나니까. 무리하게 촬영해서 그런 얼굴의 니아 양을 내보낼 수는 없어"

과연.

요컨대 너무 열심히 하지 말라는 것인가. 조심해야겠다.

"그리고 앞에 내세울 얼굴이 필요해. 리스톤령의 대표, 리스톤령 하면 이 사람, 이라는 정도의 인기인이 필요하단 거지. 예를 들어 이 사람이 출연하니까 꼭 이 프로그램을 보자, 보고 싶다, 그렇게 생각하게 만드는 인기인 말이야."

"벤델리오 님 같은?"

"난 아니야. 난 원래 촬영반 책임자고. 그건 지금도 놓을 생각은 없어. 그러니까 지금 여기 있는 거야.

적임자가 아무도 없어서 하고 있었던 것뿐……. 그래, 널. 네가 좀 더 크면 나 대신《리스톤령 산책담》을 해주지 않을래?"

"……새, 생각해 두겠습니다."

팬 문제로 마음이 무거운 오라비는 매직비전 출연에는 소극적이다. 뭐, 당연하겠지만.

"본론으로 돌아와서 지금으로서는 매직비전의 인기인이라 부를 수 있는 존재는 알투아르 왕국의 제3 왕녀 힐데트라 님 정도밖에 없단다."

흐음, 그런 사람이 있구나.

"저는 시청이 금지된 프로그램이 많아서 그 힐데트라 님을 본

적이 없지만요."

"앗, 아, 그러니?!"

벤델리오가 놀란 것을 보면 그 힐데트라라고 하는 왕녀는 정말
유명한 사람인가 보다.

"뭐, 그럼 차차…… 알게 될 거라 생각하니까 이 이야기는 접어
두자. 그리고 네가 궁금해하던, 어른에게 잘 먹힐 것 같은 귀여움
과 아첨 섞인 태도가 필요한지 어떤지 하는 이야기 말이다."

아, 그래, 그거다.

질문했더니 어쩐지 약간 경직된 얼굴로 "생각해두마"라고 했었
다. 그러고 보니 오라비도 그런 얼굴을 했나?

"네 매력은 그 차분한 분위기와 냉정함, 겁먹지 않는 배짱이라
고 생각해. 무리해서 밝은 캐릭터를 만드는 것보다 그냥 있는 그
대로의 모습이 나을 것 같구나."

그렇군.

그럼 아첨을 부리지 않아도 되는 건가? "미래에 결혼하고 싶어"
라고 말하지 않아도 되는 건가?

다행인 일이다. 딱히 아첨을 부리고 싶은 것은 아니었으니까.

"알겠습니다. 자연스러운 모습으로 할게요. ……하지만 부족한
것이 있으면 말해주었으면 좋겠어요. 가능한 한 개선할 테니까요."

"그래, 맡겨둬. 결코 리스톤의 이름을 더럽히는 프로그램은 만
들지 않을 테니까."

"그럼 니아, 부탁할게!"

알겠노라 하며 휠체어에서 일어나 카메라 앞으로 이동했다.

"셋, 둘, 하나, ──."

카메라 옆에 있는 현장 감독의 접힌 손가락이 사라지고 촬영이 시작됐다.

"……안녕하세요. 《니아 리스톤의 직업 방문》입니다. 오늘은 도검 복원사의 업무 현장을 방문해 보도록 하겠습니다."

다섯 번째 촬영이 되면 익숙해질 만도 했다.

첫 회에 3계급 귀인 마담의 예절 교실부터 시작해 다음은 농사 관련 수확.

그 후 시간과 비용을 절감하기 위한 2편 촬영으로 요리 만들기와 과자 만들기라는 4회분 촬영을 마쳤다.

전문적인 지식이 필요해서 자세한 것은 모르겠지만.

촬영한 영상을 편집…… 보여줄 수 없는 부분이나 보여줄 부분을 자르거나 연결하는 작업을 거쳐 매직비전 영상용으로 한데 모아 방송하는 것이다. 음악을 넣는 것도 이 단계였다.

그리고 어제 세 번째 방송인 요리 만들기가 방송되었다.

오라비가 알투아르 학교로 돌아갔고 양친도 내 몸 걱정을 덜 하게 되었다.

이번에는 지금까지 촬영에 계속 따라와 주었던 느끼한 얼굴의 벤델리오가 빠지기도 했다.

내 주변 사람들은 이제 내 병에 관해서는 신경 쓰지 않았다.

나 자신도, 영상을 보고 이런저런 감상을 말하는 전속 시녀 리노키스도, 매번 미묘하게 얼굴들이 바뀌는 촬영반도, 이 촬영에 그럭저럭 익숙해진 참이었다.

첫 촬영 후 한 달, 첫 방송 후 2주가 지나고 있었다.

아직 겨울은 끝나지 않았지만 어딘지 모르게 쏟아지는 햇볕이 조금 더 따스해진 것 같았다.

봄이 다가오고 있다.

"──좋아, 컷! 다음으로 가자!"

첫 번째 촬영은 이것으로 끝.

이곳에서 이번 방문지인 도검 복원사 공방으로 가는 것이다.

정확히는 근처까지 이동한 뒤, 촬영하면서 공방을 찾아 나간다는 흐름이었다. 처음 보는 것처럼 행동하면서.

처음 보는 젊은 현장 감독이 엄격하게 지시를 날리는 가운데 나는 리노키스가 가져온 휠체어에 앉았다.

아직 장시간 활동은 무리였다.

병은 나았지만, 아직 몸이 허약하다. 특히 근육이 부족했다.

촬영 중에는 어떻게든 '기'의 힘으로 한계를 넘어 몸을 움직이지만, 그것도 길어지면 다음 날까지 이어질 정도로 피로가 쌓인다.

하지만 음식도 든든히 먹고 휴식도 충분히 취할 수 있는 생활을 하고 있었다.

이대로 한 달만 지나면 휠체어도 졸업할 수 있을 것이다.

"아가씨, 자료를."

"응."

이동은 리노키스에게 맡기고 나는 다시 한번 앞으로 나아갈 도검 복원업과 공방에 대해 정리한 자료를 살펴보았다.

매번 생각하지만, 장인의 일터를 방문하는 이상 최소한의 지식도 없는 것은 예의가 아니었다. 게다가 너무 모르면 대화도 원활하지 않아 불편했다.

무턱대고 술만 마신다는 인상뿐이었던 느끼한 얼굴의 벤델리오가 겪었을 팽팽한 긴장감과 보이지 않는 노력을 이제야 짐작할 수 있었다.

모르는 분야의 경험이 많은 만큼 공부도 되고 꽤 좋은 자극도 되고 있다.

이런 경험은 분명 지난 인생에서도 맛보지 못했으리라.

모르는 것들, 해본 적 없는 것들만 있어서 아주 조금 이 촬영이 즐겁다……는 생각이 들었다.

"위험하니 불에 가까이 가면 안 된다."

생각보다 크기가 작은 공방에서는 세 명의 장인이 일하고 있었다.

처음에는 세 사람 다 모이긴 했지만, 이곳의 책임자답게 깐깐해 보이던 초로의 사내는 거친 목소리로 그것만 말하고는 이쪽의 예상을 벗어나 작업에 돌아갔다.

이대로 셋이서 조금 더 이야기할 예정이었는데…… 뭐, 그보다.

저 사내, 나쁘지 않아.

장인이면서 도검을 쓰는 자이기도 한 것 같았다. 자세도 움직임도 기척도 일반인과는 전혀 달랐다.

저자가 장인이 아니라 무인이었다면 살짝 실력을 확인해보고 싶었을 정도다. 저자라면 양손을 쓰지 않으면 이길 수 없을 것이다. 다리는 필요 없을까? 마음만 먹으면 꽤 실력을 발휘할 것 같다.

뭐, 그건 그렇고.

"그럼 어떤 일을 하는지 알려주시겠어요?"

초로의 남자의 예정에 없던 이탈로 순간 촬영 흐름이 멈췄지만, 나는 미팅대로 이야기를 진행하며 촬영을 계속 이어갔다.

제자인 듯한 두 사람도 약간 당황했지만 내가 되돌린 흐름에 따라 움직여주었다.

"니아 양, 고마워."

응?

촬영이 일단락되자 젊은 현장 감독은 주위에 지시를 내린 뒤 내게 찾아왔다.

"사실은 내가 지시를 내렸어야 했는데……."

아, 아까 그거 말인가.

"예상 밖의 일이 자주 있으니까요. 금세 익숙해질 거예요."

예절 교육을 맡은 마담이 시간을 지키지 않고 지도에 열중하 거나.

농가 사람들이 '저거 먹어라, 이거 먹어라' 하면서 먹을 것을 주 거나.

요리 도중 말하다가 내 얼굴에 기름 튀거나. 그땐 그냥 넘어가 려고 했는데 벤델리오랑 리노키스가 당황해서 촬영을 멈췄었지.

쿠키가 생각보다 잘 구워져서 은근히 감동하거나, 리노키스가 "아가씨가 구운 쿠키가 먹고 싶어요, 먹고 싶어요! 돈이라면 낼 테니까요!"라고 떼를 쓰거나.

촬영할 때마다 최소 한 번 이상은 예상외의 무언가가 일어났다.

뭐랄까, 이제 이 정도의 변수는 당연하다는 생각이 들었다.

"어? 니아, 그 휠체어는⋯⋯."

가장 젊고 소탈해 보이는 장인이 휠체어를 탄 채 휴식을 취하 고 있는 나를 보며 눈을 동그랗게 떴다.

"신경 쓰지 마세요. 병치레를 마친지 얼마 안 돼서 몸이 약해져 있을 뿐이랍니다."

"아, 무슨 병에 걸렸었다고 했나?"

"네. 그보다 도검 복원은 힘든 일이네요."

쓸데없이 걱정을 사도 곤란했기에 화제를 돌렸다.

그보다도 내가 좀 궁금하기도 했다.

옛날의 나는 아무렇지도 않게 도검을 부러뜨리거나 금속 갑옷 을 우그러뜨렸던 것 같다.

하지만 부수는 사람이 있으면 고치는 사람도 있는 법이다.

부러진 검을 고치는 과정과 공정, 소요 시간에 대한 설명을 들으니 무척 고생스러워 보였다.

……장인의 고생을 조금 엿본 이상, 이제부터는 조금 자제하는 것이 좋겠지.

예전에는 명도 꺾기나 성검 파괴, 마검 분쇄를 거의 매일같이 취미처럼 해온 것 같은데……. 댕강댕강 거리낌 없이 잘라먹은 것 같은데…….

이건 그저 내 착각이기를 바랄 뿐이었다.

장인의 기술과 혼신의 결정체를, 영혼을 깎아 완성해낸 일품을 장난삼아 부수면 안 된다. ……라고 생각한다.

안 했겠지? 나.

자연스럽게 이런 것을 생각하고 있다는 시점에서 하고 있던 것 같기도 하고……. 아니, 아니야. 기억에 없어서 모르겠지만 분명 안 했을 거야.

잠시간의 휴식을 가진 뒤 후반 촬영에 들어갔다.

"복원에는 단계가 있습니다."

가장 젊은 장인은 일로 돌아갔고, 두 번째로 젊은…… 아니, 세 명밖에 없으니 중간 장인이라 부르겠다. 그 사람이 설명과 안내를 해주었다.

매직비전 촬영은 처음일 텐데도 말투도 태도도 차분했다.

잡다한 물건이 놓여 있는 가게 앞에서 공방으로 이동했다.

따로 떨어진 세 명분의 테이블이 있고 수리 도구와 복원 중인 것으로 보이는 물건들이 놓여있다.

가장 젊은 장인은 일터로 돌아가 카메라 따위는 완전히 잊어버린 모양새로 세심한 공정에 열중하고 있었다.

그리고 안쪽에는 금속을 녹이는 단조 가마가 있었다. 멀리서 바라만 봐도 희미한 열기가 느껴졌다.

"저쪽에선 표면의 미세한 상처를 복구하고."

그가 테이블에 있는 가장 젊은 장인을 가리켰다.

"안쪽에서 작업을 하고 계신 대장이 사포나 도장으로는 고칠 수 없는 단계의 물건을 수리합니다."

이어서 이번에는 안쪽을 가리킨다. 아까 그 초로의 남자의 등이 보였다.

"그 밖에도 도검이나 갑옷뿐만 아니라 장식품이나 공예품 수리, 수복을 진행하고 있습니다. 가죽 제품 복구도 하고 있는데 저희 쪽엔 의뢰가 잘 안 들어오네요."

오오, 가죽 제품도.

"여기서 복구를 받고 있다는 걸 잘 모르는 걸지도 모르겠네요."

"아, 듣고 보니. 그럴지도 모르겠네요."

척 보아도 금속 전문이라는 느낌이 강한 것은 확실했다.

누가 뭐래도 도검 수복 상담 간판을 내걸고 있는 공방이었으니까.

"니아 씨께 부탁드리고 싶은 물건은 이것입니다."

내가 직업을 체험하는 프로그램이었으므로 실제로 수리 및 복구 작업을 해야 했다.

"어머나. 숏소드네요."

장인이 내민 금속 칼집에 든 묵직한 그것을 받아들자, 어쩐지 평소보다 더 높은 목소리가 나왔다.

어차피 아이가 만져도 될 정도의, 버려도 그만인 가치 없는 무언가를 무의미하게 복구할 줄 알았다.

아이라고 무시하고 쓸데없고 무의미한 노동을 시키겠지 하며 얕보고 있었는데.

설마 진짜 무기가 올 줄은 몰랐다.

그야말로 기대 이상이다.

비록 하잘것없는 3등급품의 무딘 숏소드였지만, 오랜만에 만지는 무기라 내 마음은 걷잡을 수 없이 들떠 있었다!

"검이네. 내가 할 수 있을까?"

"아, 아니, 니아 씨는 칼집 쪽입니다. 검은 제가 할 테니까……."

……뭐야, 아니었네.

순간 진짜 무기를 만지는 건 줄 알고 기뻐했는데. 괜히 들떴네!

뭐, 어쩔 수 없지. 알고 있던 일이다.

분별 있는 어른이라면 다섯 살짜리 아이에게 칼은, 그것도 무기는 다루지 못하게 막는 것이 당연하겠지.

요리 촬영 때도 칼은 못 들었을 정도다. 예상한 일이었다.

"그럼 즐거운 검 쪽은 맡기겠습니다. 저는 지루…… 검을 넣는 귀중한 칼집을 복구할게요."

역시 지루하다는 말은 해서는 안 된다. 설사 진심이라 할지라도.

하지만 잘 속여 넘겼다고 생각했는데 카메라 너머에 있던 젊은 현장 감독이 손을 교차시켜 'x'를 만들었다. 안 되나 보다. 네, 네. 다시 말할게요.

복구 작업은 생각보다 즐거웠다.

상처투성이던 금속 칼집이, 닦거나 흠집에 점토를 메워 가는 사이에 점점 본연의 모습을 되찾아갔다.

전에는 부수기만 하던 내가 이번에는 고치는 쪽이 됐다는 것도 어쩐지 아이러니하다……. 아니, 아니. 내 기억엔 없으니까 장비를 파괴하는 취미가 있었는지 어떤지는 알 수 없다. 그리고 적어도 이 니아 리스톤에겐 없다. 이번 생은 아직 미수다. 아, 아직이라고 하면 안 되지. 이제 그만하자.

알 수 없이 마음이 술렁거리기에 더 생각하는 것을 멈췄다.

"대충 끝났어요. 어떤가요?"

큰 테이블 앞에서 중간 장인과 나란히 앉아 촬영하며 작업을 했다. 가끔 이야기도 나누며 꽤 화기애애한 분위기로 진행되었다.

뭐, 편집으로 잘리는 일도 많이 있으니까 영상으로 쓸 수 있는 부분이 있다면 알아서 쓰겠지.

옆에 있는 중간 장인에게 대략적인 수리 작업이 끝났음을 알렸다. 자잘한 상처를 고치는 법은 배우지 않았기 때문에 내가 손댈 수 있는 부분은 여기까지다.

"……오, 꽤 훌륭한데……."

장인의 눈으로 꼼꼼하게 칼집을 살펴보던 그가 불쑥 그렇게 중얼거렸다. 나는 좋고 나쁨을 모르니까 뭐, 빈말이라고 생각해 둘까.

"손재주는 좋거든요. 그쪽, 즐거운 검 수리는 잘 진행되고 있나요?"

"네, 이런 식으로……."

호오…….

딱 보기에도 무뎌 보였다. 하지만 써오던 사람이 오랜 세월 소중히 여겨왔다는 것을 알 수 있을 만큼 연식이 느껴졌다. 뭐, 솔직히 말하자면 낡았을 뿐이지만.

자신의 작업에 집중하느라 보지 못했지만, 그가 작업한 낡고 무딘 숏소드는 그럭저럭 봐줄 만한 검이 되어 있었다.

금속 칼집도 나쁘지 않았지만 역시 저쪽의 복원이 더 재미있어 보인다.

후반의 촬영도 순조롭게 진행되었다.

"아아, 알았다."

마지막으로 초로의 남자가 수리한 검을 시험 삼아 베는 모습을 찍게 되었다.

공방 옆으로 향하자 늘 시험용으로 사용해 온 것처럼 보이는,

땅에 박힌 기둥들이 늘어서 있는 장소가 있었다.

그 기둥 앞에 폐기 처분을 앞둔 것 같은 낡은 목제 방패를 세워 두었다.

그것을 향해서 복구한 지 얼마 안 된 롱소드를 내리쳤다.

퍽 하는 소리가 나고 방패 중앙까지 칼날이 파고들었다.

……흐음.

"컷! 감사합니다!"

이것으로 공방 촬영은 끝이었다.

남은 건 내가 적당히 마무리 인사를 하는 것뿐이려나? 다른 것이 없다면 그것으로 촬영은 종료다.

철수 준비가 시작되는 동안 나는 초로의 남자에게 말을 걸었다.

"그 검은 실전용이 아닌가요?"

"음?"

진검을 휘두르느라 묘한 긴장감이 서려 있던 그 자리에서, 내가 한 말로 인해 다른 긴장감이 서렸다.

나와 초로의 남자와 그것을 보던 장인 둘과 리노키스뿐. 촬영반은 철수 준비로 바쁜 것인지 보지도 듣지도 못한 것 같았다.

"당신 실력이라면 무딘 칼이라도 저 방패 정도는 절단할 수 있 잖아요?"

무기 다루는 것에 서투른 내가 할 수 있을 정도이니. 나보다 솜 씨가 좋은 이 남자가 못 할 리가 없다.

"흥. 꼬맹이가 뭘 알겠냐."

"모르니까 물어본 것뿐인걸요."

그렇게 말한 나는 리노키스가 밀고 온 휠체어에 앉았다.

"미안해요. 듣고 보니 무례했군요."

베지 않는 것과 베지 못하는 것은 의미가 다르다. 어느 쪽인지는 알 수 없었기에 더 이상의 언급은 하지 않았다.

"……하지만 저라도 할 수 있는 걸, 하지 않은 거군요."

"뭐라고?"

아, 화났다, 화났어. 계획대로야!

어쩔 수 없다.

이렇게 무기가 가득한 곳에서 한 번조차 못 휘두른다니 좀이 쑤셔서 참을 수 있을 리가 없잖아.

뭐, 나는 무기는 별로 좋아하지 않지만.

하지만 이참에 실전 감각을 조금이라도 맛볼 수 있다면 이제 뭐든지 상관없었다. 정말 뭐든 상관없다.

"그럼 해봐라. 네가 보여준다면 나도 보여주마. 내 칼은 구경거리가 아니거든."

아하, 그렇군. 보여주기 싫었다는 건가.

"아가씨, 안 돼요."

작은 소리로 다그치는 리노키스를 무시하고 나는 일어섰다.

"빌릴게요."

손을 내밀자 "정말 할 셈인가?"라는 얼굴을 하더니…… 초로의 남자는 들고 있던 롱소드를 나에게 건네주었다.

응, 무겁네.

무게감이 좋다. 목검과는 완전히 달라.

지금의 나에게는 과하게 무거울 정도지만…… 움직이지 않는 과녁을 향해 한 번 휘두르는 정도라면 문제없을 것이다.

촬영반이 보지 못한 사이에 빨리 해치워 버리자.

상단세를 취하고, 휘둘렀다. 훅, 하고 숨을 토하는 듯한 소리가 공기를 가르고, 검날이 땅에 닿기 직전 멈췄다. 나무 방패 왼쪽 일부가 날아갔다.

"역시 실전용이 아니구나. 그다지 좋은 검은 아닌 것 같네."

중심도 좀 어긋난 것인지 살짝 휘두르는 느낌이 달랐다. 겉으로 봤을 땐 몰랐지만 칼날이 제대로 갈리지 않은 것이다……. 어쩌면 실전용이 아니라 골동품일지도 모르겠다. 아니면 개인의 추억이 깃든 소장품이라든가.

됐어요, 하고 대답하자 장인 세 사람은 멍한 얼굴로 나를 바라보고 있었다.

"니아, 다음 촬영 갈게! 여러분, 오늘 촬영에 협조해 주셔서 감사합니다!"

현장 감독이 부르고 있다. 아무래도 여기까지인 것 같다.

"오늘은 감사했습니다."

나도 인사를 마친 뒤 휠체어를 타고 공방을 빠져나갔다. 이로써 다섯 번째 직업 방문 촬영을 마친 것이다.

아아, 즐거웠다!

오랜만에 아주 조금이지만 실전 감각을 접해볼 수 있었다! 역시 좋다! 잊고 지냈던 감각이 되살아나는 느낌이야!

하루빨리 몸을 단련하자.

그리고 빨리 실전에 들어가고 싶다.

평판이 올라가고 있다고 한다.

내리 촬영만 하던 겨울이 끝나고 봄이 왔다.

곧 오라비인 닐이 알투아르 학교 봄 휴가에 들어가 돌아올 예정이었다. 그 직전의 어느 날.

"니아의 평판이 꽤 좋아. 덕분에 마정판도 잘 팔리고 있단다."

아침 식사 자리에서 부친에게 칭찬을 받았다.

리스톤가에 도착하는 팬레터는 늘지도 줄지도 않고 매일 두세 통, 가끔 도착하지 않는 경우도 있다.

참고로 부재중인 오라비에게는 안정적으로 도착하고 있다.

사전에 위험하고 과격한 내용의 편지는 걸러내겠지만, 그런데도 나는 오라비에게 팬레터를 보여주면 안 된다고 생각했다. ……뭐, 그걸 결정할 입장은 아니었으므로 아무 말도 할 수 없지만.

뭐, 오라비의 일은 그렇다 치고, 내 주위에서는 변화랄 게 없으니 평판이라고 할 만한 것도 없었다.

아무래도 매직비전에 나온 보람은 있었던 듯하다.

지금의 나는 어쨌든 《니아 리스톤의 직업 방문》으로 매직비전에 계속 나오는 것밖에 할 수 있는 것이 없었기 때문에 반응이 좋은지 나쁜지 알 수 없었다.

하지만 곰곰이 생각해 보면 촬영에 드는 비용도 결코 저렴하지 않다.

그 부분을 감안한다면 촬영이 계속되고 있다는 것이 곧 평판이나 평가 그 자체라고 말해도 좋을 것이다.

비용이 들어도 계속할 의미가 있다는 뜻일 테니까.

그렇구나. 반응이 좋았나.

요즘 묘하게 양친의 기분이 좋아 보였던 것도 기분 탓이 아닌 듯했다.

그래서 요즘 묘하게 기분이 좋았고, 오늘도 기분이 좋아 보이는 양친은 보상으로 내게 뭔가를 사주고 싶다며 말을 꺼내기 시작했다.

지금 내가 원하는 보상은 하나뿐이다.

나는 막강한 강자를 원한다.

실컷 때려도 부서지지 않을 만큼 튼튼한 강자가.

……라고 말할 수 있을 리가 없었기에 "판단에 맡길게요"라고만 말해 두었다. 아, 받을 수 있다면 미개척된 부유섬도 좋다. 야생 동물이나 마수도 좋고. ……줄 리가 없지. 재정난인 지금 자녀에게 재산을 나눠줄 여유는 없을 것이다.

어쨌든 매직비전 이야기로 돌아와서.

계산에 의하면 현재 리스톤 영지민의 3% 정도는 마정판을 보유한 것으로 알려져 있다. 그만큼 잘 팔린다고 한다.

서민으로선 아직 엄두를 못 낼 만한 가격이고 거대 상회 등에는 원래부터 팔리고 있었지만, 작은 상회나 회사, 영주가 경영하는 장소…… 극장이나 관광 안내소 등에서도 설치가 진행되고 있는 것 같았다.

대출로 구매할 수 없느냐는 문의가 많았다는데, 그 대응책을 마련한 결과라고.

자세히는 알려주지 않았지만 대략적으로 들어보니 할부 제도가 도입됐다고 했다. 리스톤령에 회사나 가게가 있는지, 몇 년 정도 경영했는지, 이익은 얼마나 나는지…… 등등의 심사를 통과하면 정식으로 구매할 수 있는 것이다.

그리고 왜 그런 현상이 일어났는가를 따져 보면 나의 《직업 방문》에 이르게 된다.

역시나 매직비전에 나온 영상으로 소개된 가게는 방송 후 매출이나 문의가 격증했다.

이 부분은 벤델리오의 토속주 효과로 실증이 끝났지만, 나의 경우에도 같은 일이 일어난 셈이었다.

즉, 매직비전을 통해 홍보 효과를 볼 수 있다는 뜻이었다.

필연적으로 '우리 가게로 와 달라, 우리 직업도 체험해 달라'는 목소리도 높아지게 되었고, 그 부분에서도 이익이 난다고 했다.

아직 정착되지 않은 매직비전을 통한 수익화 방법이 조금씩 확립되어 가고 있었다.

이대로 잘 돼서 궤도에 오르면 리스톤 가문의 재정도 살릴 수 있을 것이다.

……오라비는 '리스톤가의 재정은 1, 2년은 괜찮다'고 했는데, 이 페이스라면 맞출 수 있을까.

그것만이 걱정이었다.

"잘 먹었습니다. 먼저 실례하겠습니다."

아침 식사를 마치고 자리에서 일어났다.

"아, 니아, 잠깐만."

뭘 선물할지에 대한 이야기로 시작해 이른 아침부터 애정 표현을 나누며 분위기를 내던 양친 중 어머니 쪽이 나를 불러 세웠다.

"하지만 방해가 되잖아요?"

원래는 내 얘기를 하고 있었는데, 자연스럽게 야릇한 분위기가 나기 시작했다. 이렇게 되면 방해가 될 수밖에 없다.

"네가 방해되는 때는 전혀 없단다."

모친이 웃으면서 말했지만 그런 거짓말은 좋지 않았다. 한밤중에 사이좋은 부부의 침실에 아이가 갑자기 들이닥치면 곤란하지 않은가. 보통 아이였다면 그대로 믿었을 것이다. 뭐, 나는 보통 아이가 아니니 상관없지만. 오라비였다면 큰일이었겠지.

"그보다 네게 다른 일에 관한 의뢰가 들어왔단다."

호오, 다른 일.

"《직업 방문》 이외의 촬영인가요?"

"그래, 맞아. 그것도 우리 쪽 이외에서 들어온 의뢰야."

……과연. 이런 방식도 있는 건가.

나는 방송국이 제안한 기획에 따라 움직이고 있지만, 이번 모친의 말에 의하면 방송국 이외…… 다시 말해 민간 쪽에서 들어온 의뢰라는 뜻이었다.

방송사는 리스톤령, 더 자세히 말하자면 부친 것이다. 나 같은 경우는 방송국 주도로 촬영하는 경우 이른바 공무에 가까운 대우를 받는다. 혹은 가업이라고 해야 할까.

"라임 부인. 기억하지?"

아아, 네.

"예절 교육을 해주셨던 분 말이죠."

《니아 리스톤의 직업 방문》 첫 촬영에서 만났던 열성적인 그 마담이다. 사실 리스톤 가문보다 높은 계급이었다. 3계급이니까.

"그분의 소개인데, 극의 배우를 맡아달라는구나."

극의, 배우?

감을 잡지 못하는 내 귓가에 리노키스가 속삭였다.

"아가씨, 아가씨! 여배우 데뷔예요, 여배우 데뷔!"

여배우, 데뷔?

……더 감을 못 잡겠다.

"흐음, '아이스 로즈'는 왕도에서도 꽤 유명한 극단이지."

알투아르 학교가 봄 휴가에 들어갔고, 오라비인 닐이 돌아왔다.

그 오라비가 앞서 전달받은 나의 대본——지난번에 의뢰받은 배우 일에 사용될 얇은 책을 넘겨보면서 그렇게 말했다.

"그렇다고 하더군요."

나는 아직도 금지……라기보단 아마 잊고 있을 거라 생각하지만.

완전히 매직비전에 나오는 쪽이 되었지만, 병상에 있을 때부터 변함없이 볼 수 있는 프로그램은 제한되어 있었다.

매직비전에서도 극 종류는 방송되고 있는데, 주로 여성들에게 인기가 많다고 한다.

그리고 우리 집에서 매직비전 애청자인 전속 시녀 리노키스가 그것을 모를 리가 없다.

그에 관한 예비 정보는 확실히 귀에 들어온 상태였다.

이번에 내가 무대에 서는 것은 극단 아이스 로즈의 배우로서다.

푸른 머리의 미남자 율리안 의장이 창단한 극단으로, 본래 왕도에서 가장 유명한 극단에서 독립하는 형태로 출범한 것이었다.

율리안 의장도 그렇지만 그의 쌍둥이 여동생이 유명한 간판 여배우라고 했다.

극단의 이름인 아이스 로즈라는 것도 전 극단 시절 간판 여배우의 별명에서 따온 것이라고.

"아직 신생 극단이지만 거의 중견급이라고 해도 될 정도예요. 아, '얼음 쌍왕자'를 실물로 볼 수 있다니! 감격이에요!"라고 우리 집의 매직비전 애청자가 말했었다.

참고로 그 '얼음 쌍왕자'는 율리안 단장과 쌍둥이 여동생 두 명을 한꺼번에 부르는 별명이라고 한다. 별명이 많은 것도 고생이군.

"오라버니는 보신 적 있나요? 극단 아이스 로즈의 연극."

"응. 뭐, 극장이 아니라 매직비전으로 본 거지만."

호오.

"저도 보는 게 좋을까요?"

"그래. 전혀 모르는 것과 조금이라도 아는 건 역시 다를 테니까."

과연.

"리노키스. 뭐든지 상관없으니까 매직비전에서 극을 할 때는 알려줘."

곁에 서 있는 리노키스에게 말하자 그녀는 승낙하지 않았다.

"그, 아가씨께는 아직 해금되지 않은 내용이라서……."

아, 그렇지 참.

나도 아까 생각했지만, 내겐 아직 봐도 되는 프로그램과 보면 안 되는 프로그램의 제한이 있었다.

"어쩐지 금지령도 새삼스럽다는 느낌이네. 극의 제목은 《연모하는 여인》이고, 니아의 역은 '엄마에게 버림받는 아이 사튜테'지?"

오라비 말에 동감이었다.

뭐랄까, 어른의 지저분한 부분, 자극이 강한 부분을 보지 말라는 것이 나의 프로그램 규제였다.

하지만 더는 방송을 보느냐 마느냐 하는 이야기를 할 때가 아니었다.

이번 의뢰로 어른의 지저분한 부분, 자극이 강한 부분에 직접 들어가게 될 예정이니까.

내게 의뢰가 들어온 극은 간단히 말해 사랑에 빠진 남자와 자신의 아이 중 어느 쪽을 택할 것인가 하는, 여자와 엄마 사이에서 연정에 흔들리는 미망인이 주역인 이야기였다.

결국 미망인은 아이를 버리고 남자 곁으로 향한다는, 음, 아이가 보기엔 마음 아픈 내용의 작품이었다.

나니까 상관은 없지만 보통 아이들에게 시킬 만한 극도 역할도 아닌 것 같다.

……아니, 어렸을 때부터 배우를 목표로 하는 아이라면 오히려 바랄지도 모르지만, 나는 배우 지망자가 아니니까.

"그런데 니아."

"네?"

"아까부터 하고 있는 그건 극 연습이야? 아니면 춤?"

이것은 무술의 기본 형(形)이다. 무의식적으로 움직이긴 하지만 기억에는 없어서 나도 정확한 건 모르겠다.

"그냥 가벼운 운동이에요."

그렇게만 대답해 두었다.

겨울에서 봄이 되었고, 최근에서야 겨우 휠체어를 졸업할 수 있었다.

그리고 드디어 최소한의 근육이 붙고 체력이 붙어 일상생활에 지장이 없어진 요즘, 이렇게 자세 훈련을 하고 있다.

정원에서 해도 되지만 눈에 띄면 사용인들의 이목을 끌 것 같아 쓸데없이 넓은 자신의 방에서 하기로 했다.

천천히.

천천히 '기'를 운용하면서 움직인다.

속도와 반동, 가속, 기세는 일절 사용하지 않고 그저 천천히.

정확하게 몸을 움직이고 끝나면 정지한다.

한번 하고 나면 숨이 차고 온몸에서 땀이 뿜어져 나온다.

두 번 하면 제대로 설 수 없을 정도로 진이 빠진다.

온종일 할 수 있게 된 뒤에야 비로소 다음 단계로 갈 수 있는 것인데.

역시 이것도 갈 길이 멀어 보였다.

"······."

"······."

그리고 오라비에겐 전달되지 않은 것 같지만.

오라비의 전속 시녀 리넷과 나의 전속 시녀 리노키스에겐 극의 연습으로도, 춤으로도 보이지 않았으리라.

물론 가벼운 운동으로도.

진지한 표정으로 내 모습을 보고 있는 그녀들에게는 움직임을 통해, 내 안에 있는 힘이 희미하게 보이고 있을 것이다.

곧바로 양친에게 말을 넣어 매직비전 연극에 관한 프로그램에 한해서 시청 허가를 받았다.

······칫.

개인적으로 모험가나 부유섬 주변을 모험하는 모험물 방송을 보고 싶었는데, 양친은 이런 일에 완고했다.

아, 피 같은 걸 보고 싶었는데. 피가 튀는 전투 풍경 같은 걸 보고 싶었는데.

……뭐, 됐어. 지금은 내 소망보단 리스톤가의 재정이 먼저다.

허가가 떨어지자마자 촬영이 없는 날이면 오라비와 함께 다양한 연극 프로그램을 시청했다.

그중에는 앞으로 같은 무대에 서게 될 극단 아이스 로즈의 극이나 다른 극단에서 상연하는 《연모하는 여인》이 방송되곤 했다. 확실히 참고가 되었다. 나도 이걸 하는 건가.

으음.

그건 그렇고.

하나같이 빙 돌아가기만 하는 답답한 이야기들뿐이다. 가끔 노래를 부르고. 춤을 추고.

좀 더 이렇게, 철권 한 방으로 모든 게 다 해결되는 극은 없는 건가.

언제까지고 질질 끌다 보니 주위에 폐만 끼치다 결국에는 애증으로 질척하고 새까매진다. 확실하게 좀 하란 말이야. 그 나이 돼서 결단 하나 못 내리면 어쩌자는 거냐. 그런 갈등은 인생 경험 부족으로 우물쭈물하기 바쁜 자의식 과잉 소년 소녀 시대에서 끝내라고.

……라고, 나는 생각했지만, 주위의 반응은 달랐다.

"굉장하다."

오라비는 감탄했고, 전속 시녀들은 눈물까지 흘리며 감동하고 있다. 지금 그게 좋았나? 어린 시절부터 60살이 될 때까지 한 여자를 바라봤다는 우물쭈물의 극치인 노인의 첫사랑이 죽음 직전에 이루어진다는 얘기인데, 정말 좋았다고? 소년 시절에 한마디 '좋아한다'라든가, 혹은 키스하거나 밀쳐버리거나, 하다못해 꽃다발과 연애편지라도 보냈더라면 다른 인생을 걸었을 텐데. 이런 이야기가? 정말 좋다고?

…….

좋은 거겠지. 울고 있으니까.

그렇다면 이건 그거다.

내 감성이 시들었다고 생각하는 편이 맞을까? 아니면 한결같다고 해야 하는 걸까?

아, 그리고.

어느 극단을 봐도, 어떤 여배우를 봐도 오라비보다 귀여운 사람은 없었다.

오라비가 없을 때 물었더니 리노키스도 리넷도 동감이라고 했다.

아직도 팬레터가 올 만도 하다.

"또 실력이 늘었네요."

"응, 장래가 기대돼."

오라비 닐의 검술 훈련을 견학하거나.

"니아, 오늘도 부탁할게!"

"네, 잘 부탁드립니다."

《니아 리스톤의 직업 방문》 촬영을 하거나.

"왜 아직도 오는 거야……. 한 번밖에 안 나왔는데……."

"오라버니는 인기쟁이네요."

내 생존보고 이후 매직비전에 한 번도 출연하지 않은 오라비에게 열렬한 팬레터가 끊임없이 오는 것을 한탄하는 오라비를 귀엽게 지켜보거나.

그런 하루하루가 순식간에 지나가고──

애초에 짧았던 오라비의 봄 휴가가 끝나자마자 나도 짐을 꾸렸다. 꾸린다 해도 나는 전속 시녀 리노키스에 맡겼을 뿐이지만.

리스톤가가 있는 섬 변두리에 자리한 비행선 이착륙장에는 날아갈 준비를 마친 소형 비행선들이 대기하고 있었다.

"오라버니의 비행선은 안심이 되어요."

비행선 자체는 이미 여러 번 탔지만, 아직도 금속 덩어리가 날아간다는 것이 믿기지 않았다. 불신감이 사라지지 않았다.

오라비의 소형 비행선은 그나마 겉이 고풍스러운 목조 구조물이라 형용할 수 없는 안심감이 들었다.

적어도 목조 쪽이 금속 덩어리보단 잘 뜰 것 같고 잘 날 것 같으니까.

"내용물은 더 굉장해. 기관부라도 볼래?"

"아뇨, 됐어요."

금속 부분은 보여주지 않아도 된다. 보고 싶지도 않다.

"두 분 다 조심해서 다녀오십시오. 리넷, 리노키스, 닐 님과 아가씨를 잘 부탁하네."

노집사 제이스의 배웅을 받은 고풍스러운 비행선이 리스톤가에서 날아올랐다.

이번 배우 일은 왕도 알투아르 극장에서 진행되었다.

비행선을 이용하면 반나절 정도면 도착하지만, 연습할 때마다 이동하는 것은 시간이 아깝다는 이유로 한동안 왕도에 머물게 되었다.

의도한 것은 아니지만 시기가 거의 겹친 덕분에 오라비가 학교 기숙사로 돌아가는 데 동승하기로 한 것이다.

"저쪽에 도착하면 왕도를 안내해줄까?"

"고마워요, 오라버니. 이쪽의 예정을 알게 된다면 부탁할게요."

왕도 관광에 관심이 없는 것은 아니지만, 놀러 가는 것이 아니었기에 그것은 빈 시간에 부탁하고 싶었다.

우선 왕도에 도착하면 3계급 귀인인 라임 부인과 만날 예정이다.

라임 부인은 《니아 리스톤의 직업방문》 첫 촬영 당시 내게 예절 교육을 해주셨던 분이다.

처음부터 양친과 사이가 좋아서 출연을 부탁하자마자 흔쾌히 요청을 받아들였다고.

그리고 이번에는 일 의뢰…… 아니, 정확히 말하면 의뢰인은 따로 있으니 중개라고 하는 편이 맞을까. 그분께 일을 소개받은 형태였다.

리스톤령의 채널 출연도 그렇고 이번 일 소개도 그렇고.

보이는 부분에서도 많은 신세를 지고 있었다. 아마 보이지 않는 부분까지 포함하면 더 신세를 지고 있겠지. 라임 부인에겐 고개를 들 수 없는 입장이었다.

"그보다 학교에서의 오라버니는 어때요? 잘 지내고 있나요? 잘 먹고 있고요? 본인 실수로 친구와 싸운다면 꼭 먼저 나서서 사과해야 해요. 그리고 벗은 옷을 아무렇게나 어질러두면 안 되고요."

"네가 어머니야?"

아, 그러고 보니 모친도 오라비한테 비슷한 말을 했던 것 같다.

하지만 안 할 수가 없지 않나. 한참 어린아이가 기숙사 생활을 하는 데다 떨어져 살고 있으니. 가족이라면 걱정하지 않는 게 이상하다.

"리스톤가 장남으로서 부끄럽지 않을 정도로는 열심히 지내고 있어."

호오.

"그거면 됐어요. 그리고, 다른 부분은 괜찮아요?"

"다른 부분?"

"이를테면 여자애를 울리거나 하는 일은 없나요? 묘한 언동 같은 걸로."

"⋯⋯."

아, 이 침묵. 이 피하는 시선. 이미 울렸구나.

"뭐…… 뭐어, 걱정 마. 사람을 사귀는 방법에 있어서는 리넷도 엄격하니까. 적어도 미숙하긴 해도 한심한 생활은 하고 있지 않다고 생각해."

호오. 전속 시녀 리넷이라.

늘 오라비 근처에 있지만 나와 그다지 접점이 없었기에 그녀의 인성은 잘 모른다. 이야기를 한 것도 손에 꼽을 정도밖에 안 된다. 근처에 있긴 하지만.

그녀가 좀 더 강했다면 더 신경이 쓰였겠지만……. 뭐, 시녀에게 과한 강함을 요구하는 것도 지나친 이야기였다.

그러고 보니 리노키스와는 알투아르 학교에서 동급생이었다고 했던가?

……뭐, 지금은 신경 쓰지 않아도 괜찮겠지.

"왕도에서도 빈 시간에 《직업 방문》 촬영을 한다면서?"

"네, 그럴 것 같아요."

이왕 왕도에 가는 김에 왕도에서도 촬영하게 되었다.

최근에는 촬영에 동행하지 않는 느끼한 얼굴의 벤델리오가 오랜만에 직접 리스톤가에 찾아와 나에게 제안한 것이다.

그가 출연하는 《리스톤령 산책담》은 리스톤 영지 내에서, 라는 제한이 있었다. 그래서 기본적으로 왕도에서 촬영할 일은 없다. 그보다는 영지를 벗어난 곳에서 촬영할 일이 없었다.

하지만 나의 경우는 어디까지나 '직업을 체험한다'는 것이 취지였기 때문에 장소에는 별로 구애받지 않았다.

그래서 급히 왕도에서의 촬영, 즉 극 외의 일이 포함되었다.

아마 지금쯤 방송국에서는 일정을 잡거나, 조정하거나, 방문 약속을 잡는 등, 부랴부랴 기획서를 만들고 있을 것이다.

아직 아무것도 정해지지 않아서 어떤 촬영이 될지는 나도 모른다. 좀 기대가 되기도 했다.

"오라버니도 나갈래요? 이왕 왕도에서 촬영하는 거니까."

"……싫어. 난 이제 안 나갈래."

어머나. 단호하기도 하지. 부루퉁한 얼굴의 오라비도 귀엽네.

여유로운 하늘 여행은 예정에 맞춰 끝났다.

아침 일찍 리스톤령에서 출발한 지 반나절, 저녁이 되자 왕도가 보이기 시작했다.

바다에 뿌리박힌 광활한 대지가 석양을 받아 붉게 물들고 있다.

대지의 조각난 부유섬에선 느낄 수 없는 그 당당한 모습에서 가히 왕이 사는 땅이라 부를 만한 위엄과 힘이 느껴졌다.

비행선용 항구에 도착한 우리는 무사히 왕도 알투아르의 땅을 밟을 수 있었다.

이곳은 알투아르 학교의 학생 및 관계자 전용 이착륙장인 것인지, 비행선은 항구에서 일하는 선원들에게 맡기면 된다고 했다.

"닐 님. 시간이 촉박합니다."

내리자마자 그렇게 말한 오라비의 전속 시녀 리넷의 말에 오라비는 "응, 알고 있어"라며 고개를 끄덕였다.

"니아, 미안하지만 시간이 없어."

"통금 시간 말이죠. 전 신경 쓰지 마시고 가세요."

여기까지 오는 길에 이미 들어서 알고 있었다.

알투아르 학교 초등부 기숙사의 통금 시간은 꽤 빨라서 그때까지 기숙사로 돌아가지 않으면 문이 닫혀버린다고 한다.

아마도 본래라면 다소 여유로운 여행길이었을 것이다. 하지만 내가 동승하면서 모든 일정이 조금씩 늦춰졌고, 그 결과 도착이 빠듯해진 것이겠지.

큰 적란운을 피한 것도 시간상으로 지연이 되지 않았을까.

통금 시간에 늦으면 다음 날 아침까지 기숙사에 들어가지 못하기 때문에 다른 곳에서 밤을 보내야 했다.

아직 며칠 정도 봄 휴가가 이어지기 때문에 외박을 해도 문제는 없지만, 오라비는 곧바로 기숙사로 돌아가고 싶어했다.

리스톤가의 재정 문제가 있으니 불필요한 지출은 피하고 싶은 거겠지.

"미안해. 나중에 보자."

급하게 인사를 마치고, 오라비와 리넷은 석양으로 물든 왕도를 향해 종종걸음으로 사라졌다.

자, 이제.

"우리도 갈까?"

"네."

그리고 뒤늦게 나와 리노키스도 걷기 시작했다.

　왕도 알투아르.

　왕도라는 이름이 붙을 만큼 번성한 곳으로, 성이 있고 왕족이 있는, 알투아르 왕국의 중심 도시이다.

　왕도의 이름도 알투아르. 이 나라에서 유일하게 바다에 뿌리를 둔, 대지에 있는 도시였다.

　비행선이라는 이동 수단이 생긴 이후로는 물류도 활발해지며 온갖 물건이 모여드는 큰 도시가 되었다.

　물건이 모이면 사람도 모인다.

　리스톤령의 본섬도 나름대로 번성한 곳이지만 이곳은 비할 바가 아니었다.

　말 그대로 대도시다.

　바다에 접한 부분에서 직사각형으로 뻗어 있는 도시는 온종일 걸어도 끝에서 끝까지 도달할 수 없을 정도로 광대하다고 한다.

　그런 설명을 듣긴 했지만 실제로 보니 상당히 압권이었다.

　어쨌든 사람이 많고 활기도 있고 물건이 넘쳐났다.

　길을 걷는 사람들의 허리에서 가슴께 정도밖에 키가 못 미치는 나로서는 솔직히 시야가 좀 좁아져서 답답했다. 그 정도의 인파였다.

　"아가씨. 놓치지 않도록 잘 붙어서 따라와 주세요."

　"그래."

리노키스도 알투아르 학교를 나왔기 때문에 왕도의 땅은 어느 정도 익숙하다고 했다.

라임 부인이 기다리고 있을 테니 너무 늦어질 수는 없었다.

쓸데없이 헤매지 말고 그녀의 이동에 맡기자.

"아니면 차라리 손을 잡으세요."

"네 두 손에는 짐이 있잖니."

"아, 그렇군요. 그럼 소매를 잡고 있으세요."

"아니, 됐어. 빨리 가자."

붐빈다고 길을 잃을 나이가 아니었다. 니아는 다섯 살이지만 나는 분명 더 늙고 성숙했을 테니까.

"……휠체어를 타지 않게 된 후부터 아가씨와의 스킨십이 부족해진 것 같아요."

영문 모를 소리를 꺼내기 시작했다.

"아무래도 좋으니까 빨리 좀 가주지 않을래? 라임 부인이 기다리고 있어."

"아이의 성장은 빠르네요……. 섭섭해요."

정말 무슨 말을 하는지 모르겠는데…… 뭐지? 어느 틈엔가 리노키스의 모성이라도 깨어난 것일까?

뭐, 어쨌든 지금은 이동이 먼저다. 사람을 기다리게 하고 있으니.

알 수 없는 푸념을 하며 툴툴대는 리노키스를 재촉하여 인파 속을 파고들었다.

"이 근처는 상업 지구라서 그런 거예요. 다른 지역은 그렇게 사람이 많진 않아요."

리노키스의 말대로 상업 지구…… 노점이나 가게가 즐비한 일대를 빠져나가니 꽤 사람이 적어졌다.

"여기가 메인 스트리트예요. 보세요."

짐 때문에 양손이 묶여 있는 리노키스가 메인 스트리트 저편으로 시선을 돌렸다.

나도 따라 시선을 돌리는데—— 아.

"봤었지. 《아름다운 풍경》에서."

왕도 채널에서 방영하고 있는 《아름다운 풍경》은 세계의 절경을 보여주는 프로그램이었다.

예전에 내가 시청이 허용되었던 몇 안 되는 프로그램 중 하나였다.

그것이 바로 이 광경이다.

넓은 메인 스트리트 양옆으로 늘어선 세련된 고급 상점 건물과 그 안쪽에 있는 아름다운 왕성.

좀 더 멀리서 촬영한 영상이었을까. 여러 번 재방송되었기 때문에 이 경치는 여러 번 보았었다.

마정판과 달리 실물로 보니 생생함이 남달랐다. 마정판 너머로는 아무래도 사이즈가 작아 보이니까.

옆을 붉게 물들이고 있는 왕성을 흘끔 바라보며, 드디어 메인 스트리트와 맞닿은 목적지——레스토랑 《검은 백합 향기》에 도착했다.

"어서 오세요, 리스톤 님. 자리로 안내하겠습니다."

딱 보기에도 고급스러운 레스토랑이었다.

리노키스에겐 예약한 호텔로 짐을 옮긴 뒤 합류하라고 전해두고 나는 먼저 가게에 들어가기로 했는데.

가게에 들어서자마자 기품 있어 보이는 중년 웨이터에게 정중한 인사를 받았다……. 역시나 고급 가게. 무척이나 손님을 가려받을 것 같다. 이름을 모르는 사람이나 뜨내기손님은 거절당하지 않을까. ……뭐, 고급 가게라면 그게 보통일지도. 예약제일테니까.

"감사해요. 라임 부인은?"

"일행과 함께 계십니다. 이리로 오시지요."

웨이터의 안내를 받아 테이블이 있는 가게 안……이 아니라 그대로 안쪽으로 안내되었다.

"개인실인가요?"

"네. 이쪽입니다."

노크를 하고 안에서 대답이 들린 것을 확인한 뒤 소리도 내지 않고 문을 연다.

그리고 나는 최대한 등을 꼿꼿이 펴고 개인실로 들어갔다.

"오랜만에 뵙습니다. 라임 부인."

3계급 귀인이자, 현재는 귀인 계급의 자녀를 대상으로 예절 가정 교사를 맡은 여성——헬레나 라임은 온화하지만 빈틈없는 시선으로 나를 바라보았다.

"오랜만이군요, 니아 씨."

깔끔하게 틀어 올린 금발에 화려하지는 않지만 기품 있는 드레스를 차려입은 40대 중반 정도의 여성.

짙은 녹색 눈동자는 역시 고요했지만, 빈틈이 없었다.

헬레나 라임.

3계급 귀인 조레스 라임의 부인이자 왕족 중에서도 그녀의 지도를 받은 자가 있을 정도로 사회적 신뢰는 매우 두터웠다.

《니아 리스톤의 직업 방문》으로 처음 방문했던 사람이기도 하다.

나중에 깨달은 것인데 첫 촬영과 방송으로 라임 부인을 택한 이유는 새 프로그램의 인지도를 보다 높이기 위해, 또 그녀와 친분이 있는 리스톤가로서의 견제…… 즉, 나와 라임 부인이 아는 사이라는 것을 주지시키기 위함이었을 것이다.

매직비전은 아직 지명도 낮아 일반인에게 널리 퍼지지 않았다.

더욱이 역사도 짧아 여러 방면의 일을 아주 조금씩 진행해 나가고 있었다. 누구도 정답이나 옳은 길, 혹은 실패나 금기를 알지 못한다.

소문상으로는 지금은 아직 아이를 매직비전에 출연시킨다는 것도 드문 탓에, 귀인 중에는 대놓고 아이를 내보내는 것에 반감을 품는 사람도 있다고.

그런 반감의 목소리를 억누르기 위해 마련한 것이 라임 부인이라는 포석이었다. ……아마도 그런 것이 아닐까 지금은 생각한다.

아이인 나를 비난하면 함께 출연한 라임 부인도 비난하게 된다.

그런 식으로 약간의 정치적인 의미도 내포한 것이다.

뭐, 내가 생각할 문제는 아니지만.

그런 부분의 조율은 양친에게 맡긴 상태였기 때문에 나는 촬영만 제대로 하면 그만이었다.

"처음 뵙겠습니다, 니아 님."

라임 부인과 인사를 나눈 후, 부인의 옆자리에 있던 남자가 일어나 인사를 건넸다.

"율리안 님이신가요? 처음 뵙겠습니다. 니아 리스톤입니다."

푸른 머리의 미남자.

이번 일을 의뢰한 곳이자 내가 앞으로 해야 할 일.

그것을 생각하면 틀림없을 것이다.

"네. 제가 극단 아이스 로즈의 의장 율리안 로드하트입니다."

……흐음. 이게 율리안의 실물인가?

매직비전으로 본 적은 있지만, 내가 본 것은 무대 위의, 그리고 마정판 너머의 그였다.

역시 무대용 메이크업을 하지 않고 역할에 맞는 의상을 입지 않은 탓에 마정판에서 본 얼굴과 맨얼굴은 전혀 다른 사람 같았다.

무대 위에서는 확실하게 '간판 배우'나 '스타'라고 부르고 싶을 만큼 화려하고 찬란했는데.

"맨얼굴도 참 잘생기셨네요."

눈에 띄는 푸른 머리에 깊은 헤이즐색 눈동자를 가진, 이제 막 스무 살이 넘은 듯한 남자. 훤칠한 장신은 무대에서 무척이나 빛나리라.

"하하, 감사합니다. 니아 님도 정말 사랑스러우십니다."

나도 안다.

하지만 확실히 말하자면 오라비 쪽이 더 귀엽다.

인사를 마치고 나도 테이블에 자리했다.

"라임 부인, 얼마 전엔 신세를 많이 졌습니다. 방송은 보셨나요?"

"네. 당신이 나온 프로그램은 몇 개 정도 봤답니다."

그런가. 보고 있구나.

"뭐, 불쾌하진 않았습니다. 미숙하지만 숙녀로서 힘쓰려는 자세는 보이더군요."

아, 예절 방면의 평가인가.

……너무 과하게 하면 방문한 곳의 사람들이 위축되고, 그렇다고 너무 아이처럼 굴어도 리스톤 가문의 이름에 먹칠을 하게 되므로 꽤 신경을 써야 하는 프로그램이었다.

처음엔 마음 편하게 생각했던 것 같은데, 정말이지 라임 부인의 가르침이 서서히 배어들고 있는 것 같았다.

예의를 잃으면 가문에 상처가 나고, 무지를 드러내면 가문에 진흙이 묻고, 방심하면 가문이 이용당한다.

그때 부인이 장황하게 했던 말은 촬영에서 다른 사람과 엮일 때마다 종종 떠오르곤 했다.

"부인께서 합격점이라고 하니 안심이 되네요."

"자만하지 마세요. 아직 미숙하고, 감점이 없다는 말도 안 했습니다."

변함없이 엄격한 사람이다.

그러나 이런 사람의 말은 정말로 나중에 고개가 끄덕여지는 경우가 많다. 기나긴 인생에 있어서 큰 재산이 될 정도로.

하지만 아이들에게는 전달되기 어렵겠지.

자라서 뒤돌아보며 부인의 말에 수긍할 수 있게 되기 전까지는 "뭐냐고, 할망구 주제에" 정도의 감상밖에 없을지도 모른다.

"그쯤 하세요, 부인."

율리안이 험악한 분위기를 눈치채고 끼어들었지만 실제로는 그리 험악하지 않았다.

내 쪽에서 받아들이고 있고, 라임 부인도 그것을 알고 있으니까.

뭐, 일일이 반발할 정도로 나는 어린애가 아니니 당연하다.

조금 전에 안내해 준 웨이터가 찾아와 음식을 내도 되겠느냐고 물어왔다. 아무래도 요리 코스 자체는 정해져 있는 듯했다.

"실례합니다."

그런 와중 리노키스가 합류해 내 뒤에 자리했다. 시녀라서 테이블에 앉지는 않았다.

"적당한 곳에서 저녁을 먹고 와도 된다"고 했지만 강하게 거부

당했다.

리노키스의 목표는 율리안이었다. 그녀는 매직비전 너머로 보는 유명인을 무척 좋아하니까.

뭐, 어쨌든 본인이 그렇게 말하니 리노키스는 내버려 두기로 했다.

부인과 율리안은 식전주로, 나는 물로 잔을 채웠다. ……마시고 싶다. 나도 화이트와인 마시고 싶어. 레드도 좋아. 눈앞에서 마시는 건 좀 참기 힘들다.

술을 보다 보면 쓸데없는 말을 꺼낼 것 같으니 이번 일 이야기나 할까.

"부인과 율리안 님은 아는 사이이신가요?"

들은 바로는 부인의 지인이 한 부탁이라고 했다.

그 지인이 율리안이 아닐까 싶은데.

"지인이라기보단 친척이죠. 사실 그는 조카뻘 되는 존재랍니다."

호오. 친척이라.

"저는 그녀의 언니의 아들입니다. 이런 일을 하다 보니 계급에 대해서는 공개적으로 공개하지 않고, 부인…… 이모님과의 관계도 일부만 알고 있습니다."

라임 부인의 누이가 지금 어떤 상황인지는 모르겠으나 들은 말로 보자면 귀인임에는 분명했다.

아까 자칭한 로드하트는 아마 예명 같은 것이겠지만…… 뭐, 조만간 물어보면 되겠지.

"그렇다면 제가 율리안 님의 극단에 일시적으로 참가하는 형태라고 생각하면 될까요?"

"네. 매직비전에서 가끔 뵙던 니아 님께서 이번 무대에 꼭 참여해주셨으면 해서 제가 이모님께 연락을 해달라고 부탁을 드렸습니다."

과연.

매직비전을 봤다면 공동 출연한 라임 부인과 내가 아는 사이라는 것을 알 수 있었으리라.

뭐, 그 이전에 리스톤가랑 라임가의 사이가 좋다는 건 공공연한 사실인 것 같지만. 상류층은 정보가 생명이니까.

"그럼 우선 저를 니아 님이라고 부르지 말아주세요."

"네?"

"저는 그저 배우로서 무대에 서달라는 부탁을 받고 이곳에 왔습니다. 앞으로는 리스톤가의 딸이 아니라 율리안 의장 밑에서 일하는 평범한 니아로서 대해주세요. 의장님이 평범한 배우를 존칭으로 부르면 다른 분들께 본보기가 되지 않잖아요? 게다가 저도 언제까지나 손님 대접을 받고 있을 수는 없으니까요."

율리안은 조금 고민하는가 싶더니 이내 고개를 끄덕였다.

"……응, 알았어. 잘 부탁해, 니아."

"네. 잘 부탁드립니다, 의장님."

그런 인사를 나눈 때였다.

똑똑, 하는 노크 소리가 남과 동시에 문이 열렸다.

"늦어서 미안해! 니아 님은 벌써 오셨…… 아, 오셨네……."

아, 간판 여배우인 아이스 로즈다.

뛰어든 것은 율리안과 똑 닮은 남자──가 아닌 여자였다.

루시다 로드하트.

극단 아이스 로즈와 같은 별명을 가진 율리안의 쌍둥이 여동생이자 간판 여배우였다.

과연. 쌍왕자라.

마정판 너머로 무대에 선 그녀도 봤지만, 흔히 말하는 남장 여인이라고 하는 역할이 많은 듯했다.

그래서 남매인 쌍둥이임에도 두 사람에겐 얼음 쌍왕자라는 별명이 붙었다고.

뭐, 무대 메이크업을 하지 않은 그녀에게선 역시 남성스러움보단 여성스러움이 더 묻어났지만.

그래도 미남으로 보이지 않는 것도 아니었다.

잘생긴 율리안을 쏙 빼닮았으니까.

"이모님, 늦어서 죄송합니다. 니아 님, 초면에 지각을 하다니 큰 무례를 범했습니다."

계급적인 위치가 한 단계 높은 라임 부인에게 먼저 말을 건넨 루시다는 내 옆에서 무릎을 꿇었다.

"네, 알겠습니다. 이후부턴 평범한 극단원으로 저를 대해주세요, 루시다 씨."

사과를 받아들인 나는 굳이 '씨'를 붙여서 서둘러 의자에 앉을 것을 부탁했다.

그보다는 그런 연극적인 행동은 그만해줬으면 좋겠다. 리노키스가 흥분하니까. 열렬한 시선이 느껴지니까. 마음속으로 "아가씨! 아이스 로즈님이세요! 아니, 얼음 쌍왕자예요, 쌍왕자!"라고 떠들어대는 모습이 훤히 그려졌다.

그런 나를 뚫어지게 바라보던 루시다가 미소를 지었다. 오, 장미의 꽃망울이 터지는 듯한 미소……. 역시 간판 여배우, 실로 훌륭한 외모다.

"……역시 넌 기대대로네."

기대?

"처음에 니아를 부르고 싶다고 제안한 건 루시다거든. 루시다, 그런 곳에 있으면 니아의 식사에 방해가 되잖아. 빨리 앉아라."

"알고 있어."

루시다는 몸을 일으키고는 한발 물러섰다.

"처음 뵙겠습니다. 저는 루시다 로드하트. 극단 아이스 로즈의 배우입니다."

"처음 뵙겠습니다. 니아입니다. 이번에는 불러주셔서 감사합니다. 초심자이긴 하지만 최선을 다해서 해낼 생각입니다."

다소 딱딱한 인사를 나눈 후, 그다지 딱딱하지 않은 온화한 저녁 식사가 시작됐다.

어릴 때부터 무대에 섰다는 율리안과 루시다의 경험담은 흥미롭고 재미있는 것들이 많았다.

물론 어디까지나 그중에서 재미있는 이야기만 했을 뿐이다.

분명 재미없고 불쾌한 경험도 많이 해왔겠지. 오라비는 아니지만, 연예인은 이러니저러니 해도 심신에 부담이 가는 일이 많을 테니까. 나는 대수롭지 않은 일이라면 금방 잊어버리지만.

뭐, 굳이 아이에게 불쾌한 이야기를 하려는 사람은 없을 것이다.

몇 번인가 리노키스에게 "나가도 좋다"고 말을 걸었지만, 변함없이 요지부동인 그녀는 그대로 남아 있었다. 그렇게 느긋한 저녁 식사는 겨우 디저트를 맞이했다.

"그래서, 어떻지?"

대화가 끊겼을 때, 내내 듣는 역으로 일관하던 라임 부인이 쌍왕자에게 시선을 돌렸다. 그러고 보니 부인과 루시다의 눈동자 색이 똑같았다. 친척이라는 말은 거짓말이 아닌가 보다.

"루시다. 네가 결정해도 돼."

"알았어. 맡겨줘."

율리안에게 그렇게 답한 루시다는 온화했던 분위기를 내리누르듯 힘 있는 눈동자로 나를 바라보았다.

음, 아무래도 뭔가가 있는 것 같네.

"니아, 네가 평범한 아이였다면 아마 밝히지 않았을 거야. 하지만 넌 내가 본 것과 이모님이 본 그대로의 아이였어. 그러니 얘기해 두고 싶어."

……그렇다는 것은, 역시 그건가.

"굳이 저를 부른 이유가 있으시군요?"

나는 연극은 아마추어다.

그렇기 때문에 진지하게 임하고 있는 사람들일수록 더더욱 나 같은 아마추어는 들이고 싶지 않을 것이다.

매번 심혈을 기울여 역할과 마주하고 진심으로 타인을 연기하며, 그렇기에 사람의 마음을 울린다.

실력 있는 극단이라면 더더욱 그렇다. 조력자를 원하더라도 역시 아마추어보다는 실력 있는 사람을 부르고 싶을 것이다.

……라고 생각했는데, 아무래도 추측이 맞았던 것 같다.

나를 부른 이유는 배우 이외의 것을 부탁하기 위해.

오히려 납득할 만한 대답이다.

"기분 나쁠지도 모르지만…… 사실은——."

라임 부인과 율리안, 루시다, 거기에 더해 어떻게 보면 리노키스까지 참석한 저녁 식사 자리 다음 날.

나는 호텔에서 하룻밤을 보내고, 약속 시간에 맞춰 리노키스와 함께 극단 아이스 로즈가 항상 연습한다는 대관실에 왔다.

아이스 로즈의 이름으로 유명세를 떨치고 있지만, 시작한 지 오래되지 않은 극단이라 아직 전용 연습실은 없었다.

이곳은 한 달 단위 계약으로 빌린 곳으로, 무대가 정해지면 연습실로 자주 이용한다고 한다.

"안녕하세요."

약속 시간보다 조금 일찍 왔다.

문 앞에 '극단 아이스 로즈 대관'이라고 적힌 목패가 있었으니 틀림없을 것이다.

문을 열자…… 오, 있다, 있어.

어젯밤 만난 푸른 머리 쌍왕자를 비롯해 열 명가량의 배우가 몸을 늘리거나 대본을 들고 있었다. 과연 본격적으로 연습을 한다는 느낌이었다.

나를 본 율리안과 루시다가 미소 지으며 이쪽으로 오려는데—— 그러기도 전에.

"늦었어, 신인!"

성깔 있어 보이는 붉은 기 섞인 금발 소녀가 척척 걸어 내 앞까지 다가왔다.

과연. 루시다와 율리안이 말했던 것이 이 소녀인가.

"귀인의 딸인지 뭔지는 모르겠지만, 지금의 넌 그냥 신인이야! 신인이라면 선배들보다 먼저 와서 청소 정도는 해야지!"

흐음.

"주의하겠습니다."

음…… 확실히 나쁘지 않군.

내 뒤에 있는 시녀에게선 혀 차는 소리가 들렸지만. 리노키스는 마음에 들지 않은 듯했다. 만일을 위해 나서지 말라고 말해 두는 편이 좋을지도 모르겠다.

참고로 내겐 확실하게 혀를 찬 소리가 들렸지만, 금발 소녀에겐 들리지 않았나 보다. 뭐, 다툴 필요가 사라졌으니 운이 좋았네.

"정말이지…… 이래서 아마추어가 싫은 거야!"

내 대답에 수긍했는지 어떤지는 모르겠지만, 하고 싶은 말을 마친 그녀는 곧바로 내게서 등을 돌리고 아까 있던 자리로 돌아갔다.

아니, 내 대답 따위는 아무래도 좋았겠지.

어쨌든 일단은 한 방 날려주고 싶었던 거다. 그건 알겠다. 선제공격이란 이후의 승부를 좌우할 정도로 큰 의미가 있다.

뭐, 나 정도 되면 일부러 선제공격을 받아 상대의 전력을 내보이게 한 다음 이기는 것이 당연한 일이지만. 내가 선제공격을 가하면 승부가 안 되니까. 강자란 그런 것이다.

뭐, 그건 그렇다 치고.

떠나는 그녀의 어깨 너머로 율리안과 루시다가 쓴웃음을 짓고 있는 것이 보였다.

괜찮아, 문제없다, 라는 뜻을 담아 고개를 끄덕여 보였다.

금발 소녀의 이름은 샬로 화이트.

극단 아이스 로즈가 내걸고 있는 차세대 간판 여배우였다.

"아가씨."

"왜?"

"이제 슬슬 저 녀석 죽이죠."

"안 돼."

극단 아이스 로즈의 연습이 시작됐고, 그리고 리노키스가 피가 끓는 소리를 꺼내기 시작한 지 나흘이 지났다.

"그럼 적어도 도와드릴——."

"내 역할이야."

마른걸레를 들고 벽에서 벽으로 단숨에 달려 나갔다.

몇 번이고 몇 번이고 왕복한다.

제대로 된 청소는 일주일에 한 번, 걸레질은 아침 연습의 시작과 끝에 한 번씩.

"……좋았어."

그리고 그것은 신인인 나의 일이다.

샬로의 말이 발단이긴 했지만 결국 내가 자청한 것이기도 했다.

정말이지 그립다.

단련하는 장소를 청결히 하는 것은, 자신의 무(武)는 물론 관련된 모든 것을 향한 존경이다.

그렇게 말한 사람은 누구였을까.

기억이 없어서 기억해낼 수는 없지만, 자기 힘에 한껏 도취한 자신을 훈계하는 말이 아니었나 하는 생각이 든다.

자신과 마주 보며 갈고닦는 것이 무.

그러나 무는 밖으로 내보내는 힘이다.

단련하는 장소에, 경쟁하는 동문이나 동지에게, 자신과 마주하는 환경에, 혈육에게.

모든 것에 감사와 경의를 표하라.

그것이 없으면 무가 아니라 폭력이다, 라고.

첫날을 제외하고 이른 아침 연습실 청소는 오늘이 세 번째.

하면 할수록 예전의 무언가가 생각날 것 같았다.

그래서 그런가, 아니면 단순히 몸 쓰는 걸 싫어하지 않아서 그런가.

이 작업이 별로 싫다는 생각이 들지 않았다.

자꾸만 살의를 드러내는 리노키스는 일단 쫓아낸 뒤 청소를 마치고 도구를 정리했다. 리노키스는 어제부터 연습실에서 쫓겨나 점심시간에만 식사를 들고 다시 찾아왔다.

여기 있으면 시끄럽고 방해만 되니 이걸로 충분했다.

"좋은 아침."

그러는 사이 극단원들이 들어온다.

가장 먼저 오는 사람은 의장인 율리안이다. 그는 언제나 빠르다.

처음에는 신인이 하는 허드렛일을 맡은 나를 신경 써주느라 일찍 오는 줄 알았는데, 늘 일찍 온다고 한다.

그런 다음 다른 배우들이 오는데, 그중에는 그녀도 있었다.

첫날 나한테 한 방 날린 붉은 기 섞인 금발 소녀 샬로 화이트.

그리고 마지막으로 제시간에 맞춰 도착하는 게 의장의 여동생이자 간판 여배우인 아이스 로즈 루시다.

"그럼 오늘 연습을 시작하겠다. 일단 유연체조부터."

얼추 전원이 모이자 율리안이 지시를 내렸다.

혼자서 몸을 늘리는 자, 2인 1조로 체조를 하는 자, 이미 끝낸 자 등 다양한 와중――.

"눌러줄까?"

"돼, 됐어, 윽."

바닥에 앉아 다리를 벌리고 상체를 앞으로 기울인 샬로. 몸이 좀 뻣뻣한 것 같다. 다리 찢기도 못 하면 부상을 입을 텐데.

"그보다, 넌 어떻게, 그런 걸, 할 수 있는 거야."

숨이 턱까지 차오를 만큼 무리해서 몸을 쭈욱 늘리고 있는 샬로가, 바로 옆에서 한쪽 다리로 선 채 다른 한쪽 다리를 수직으로 들어 얼굴에 딱 붙이고 있는 나를 보았다.

무에 유연성은 늘 따르는 법이다. 몸이 굳어 있으면 움직이기 어렵고, 순간적인 움직임에 의해 힘줄이 끊어질 수도 있고, 아무튼 육체의 가동 범위가 좁아진다. 일류일수록 몸은 부드러워야 하는 법이다.

어린아이인 만큼 니아의 몸은 원래도 꽤 부드러웠다.

이 정도 할 수 있게 되기까지 그렇게 오래 걸리지 않았다.

다른 쪽 다리도 들어 확실하게 힘줄을 늘려준 뒤 이번에는 양쪽 다리를 모아 서서 상반신을 앞으로 기울였다. 얼굴이 자신의 양 무릎에 닿을 정도로.

그런 나를 샬로는 씁쓸한 표정으로 바라보고 있었다.

"등을 밀어줄까? 자, 사양하지 말고."

"잠깐, 그만, 만지지, 마아아악!"

"아아, 엄청 굳었네, 굳었어."

"아파, 아파, 아파!"

뭐가 아프다는 거야. 일류 여배우를 목표로 한다면 다리 찢기 정도는 할 수 있어야지.

"그럼 연습을 시작하자!"

아파하는 샬로에게 괴롭힘을 빙자한 도움을 준 뒤 체조를 마쳤다. 나는 이대로 자세 훈련을 하고 싶은데…… 뭐, 지금은 그럴 때가 아니니 호텔에 돌아가서 할까.

나와 샬로는 둘이서 조금 떨어져 대본을 펼치고 서로 대사를 읽어 나갔다.

이번 《연모하는 여인》의 주연과 그 아이 역이기 때문이다.

한 번 대사를 서로 주고받은 뒤 내가 말했다.

"오늘은 말 안 해?

"뭐?"

"내가 왜 아마추어를 돌봐야 해? 라고."

첫날을 포함해 어제까지 꼭 연습 전에 들었던 말이다.

"……귀엽지 않긴."

귀엽지 않은 것은 피차일반 아닌가. 샬로도 아직은 전혀 귀여움이 없다. 애초에 나는 '애'도 아니고.

하지만 조금은 여유가 생겼다.

샬로의 사소한 변화를 느끼며 나는 그날 밤 루시다가 했던 말을 떠올렸다.

그날 밤.

레스토랑 《검은 백합 향기》에서 처음 만난 그 식사 자리 말이다.

꽃향기가 나는 홍차와 말린 과일이 들어간 파운드케이크가 놓였지만 아무도 손을 대지 않았다.

루시다가 진지한 표정으로 말을 꺼냈기 때문이다.

"기분 나쁠지도 모르지만…… 사실 네 인기와 담력을 이용하고 싶어서 부른 거야."

호오. 이용이라.

"확실하게 말씀하시는군요."

"평범한 애한테 얘기할 생각은 없었어. 하지만 넌 차라리 제대로 얘기해 두는 편이 생각대로 움직여줄 것 같아서. 분간이 뚜렷하고 머리도 좋아 보여. 처음에는 매직비전에서 당당하게 대답하는 너에게 관심이 가서 이모님께 너의 인상을 물어봤거든. 어린아이 같지 않을 정도로 담력이 좋고 또 굉장히 침착하다, 납득만 시킬 수 있다면 기억력도 빠르다고 하시더라. 지금 저녁 식사 자리에서 나도 같은 인상을 받았어."

어린아이 같지 않을 정도로, 라.

사실 맞는 말이니 그 부분은 양해를 해줬으면 좋겠다. 아무렴 정말 아이처럼 행동할 수는 없었다.

"이번 연극 《연모하는 여인》에는 젊은 배우를 주연으로 기용할 예정이야. 머지않아 우리 간판 여배우가 될 여자지."

젊은 배우를 주연으로.

주연이라고 하면 그 '아이를 버리는 미망인 역'을 말하는 건가.

"루시다 씨가 아니고요?"

"그래. 이번 주연은 아직 무명의 신인이야. 그렇다기보단 이번 연극에서 널리 알린다는 느낌에 가까워. 지금까지 단역은 있었지만, 주연은 처음이니까."

……과연, 후진 육성이라는 것인가.

남자 역은 눈앞의 얼음 쌍왕자로 충분히 대체할 수 있으니 간판 여배우가 필요할 것이다. 루시다는 남장미인이라는 측면도 있으니, 여자역을 전담할 전문 여배우가.

"실력도 있고 배짱도 좋아. 물론 간판 여배우가 될 자질도 있다고 생각해. 무엇보다 주연은 그녀가 줄곧 바라왔던 목표야. 당연히 의욕도 있을 거고. 다만, 문제는 의욕이 너무 강하다는 거야."

음, 모르는 건 아니다.

"부담이 굉장한가 보네요."

"정확해. 기합이 너무 들어가 있어서 주변을 잘 보지 못하는 부분이 있어."

막상 기회를 앞에 두고 힘이 과하게 들어갔다고 보면 이해하기 쉬웠다. 흔히 있는 일이다.

"뭐, 연습을 계속하면 조금씩 진정될 거고 최종적으로는 좋은 느낌이 나올 것 같아. 다만 그녀와 마주할 일이 많은 역…… '아이 역'이 말이지. 이렇다 할 애가 없었거든. 지금의 그녀와 부딪치면 싸움이 나거나 좌절할 것 같은 애들뿐이라서."

흐음.

"그래서 그걸 견딜 만한 아이를 밖에서 조달했다는 건가요?"

"그래, 그리고 그 생각을 했을 때 난 네가 떠올랐어. 매직비전에서 늘 침착하게 행동하는 너라면 그녀와 마주할 수 있지 않을까 싶었지. 거기에 더해 그녀의 발판으로 삼기 딱 좋은 지명도도 갖고 있고. 왕도에서도 꽤 인기가 높아지고 있거든."

호오, 왕도에서 내 인기가 높아지고 있다니.

어디선가 나에 관한 규제라도 걸려 있는 것인지, 리스톤령에서도 그런 소리는 거의 들려오지 않는데. 왕도에서는 그런가 보다.

뭐, 열심히 출연해온 보람은 있었나?

"즉 의욕이 과한 주연 여배우의 상대역으로서. 그리고 제 인기를 이용해서 무명 여배우의 지명도를 높이고 싶다는 거군요."

"응. 어때?"

루시다는 테이블 위로 손을 모으고 미소를…… 아니, 미소는 짓고 있지만 웃지는 않는, 조금 가벼우면서도 진지한 얼굴을 하고 있었다.

"널 이용하려고 하는 더러운 어른들의 책략에 협조해 줄 수 있겠니?"

"…….

"좋을 대로 하세요."

그때서야 나는 줄곧 궁금했던, 꽃향기를 풍기는 홍차를 입에 머금었다. 오, 향기가 코로 빠져나와 체내로 퍼진다……. 이거 굉장하네. 비싼 찻잎이겠지.

"저는 극단 아이스 로즈의 배우로 불려왔을 뿐이에요. 거기에 어떤 사정이나 이권, 책략이나 이면이 있더라도 저는 제 일을 할 뿐이죠. 일 이상을 원한다면 어떻게 될지 모르겠지만, 일의 범위 내라면 아무쪼록 원하는 만큼 이용하도록 하세요. 그것도 포함해 의뢰를 받아들인 거니까요."

그리고 일이 성공하면 나의 인기와 지명도도 올라가고, 향후 다시 배우의 일이 날아들 가능성도 생기게 된다.

특히 이번에는 평소의 리스톤령이 아닌 왕도에서의 일이다. 내게는 이곳에서의 인기와 지명도를 높일 절호의 기회이기도 하다.

그렇게 생각하면 이용하는 건 나도 마찬가지다.

나도 그들의 의뢰를 이용하는 셈이니까.

그래도 뭐, 들은 내용은 염두에 둘 것이다.

요컨대 주연 여배우인 샬로 화이트와 보조를 맞춰달라.

그런 얘기다.

내가 연습에 참여한 지 2주가 넘었다.

극단 아이스 로즈 공연《연모하는 여인》의 본무대는 일주일 뒤다. 극단원들은 연습을 하거나 소품을 만든다고 분주했다.

나도 '엄마에게 버림받는 아이 샤튜테 역'의 대사는 다 암기했다.

참고로 아마추어 아이를 기용한다는 이유로 대사를 많이 줄였다고 한다. 내 연기를 본 각본가는 "이럴 줄 알았으면 대사를 더

넣었을 텐데"라며 떨떠름한 표정을 지어 보였다.

"니아. 한 번 더 맞춰보자."

2주일이나 거의 붙어 지내면 싫어도 친해진다.

나를 비롯한 주위 사람들과 충돌이 많았던 샬로 화이트도 기세가 가라앉았다. 그제야 주위와 보조가 맞춰지며 전원과 함께 같은 방향을 향하게 되었다.

뭐, 리노키스는 여전히 샬로를 좋아하지 않는 것 같지만.

"좋아."

주연이자 '아이를 버리는 미망인 나타샤 역'을 맡은 샬로의 말에 오늘 세 번째로 대사를 맞춰보았다.

실전 연습 때마다 배에서 소리를 내야 하기에, 나도 샬로도 이미 땀으로 흥건했다.

배우 일도 고생이다.

"아가씨. 시간입니다."

낮이 되자 요즘은 아침부터 점심까지 밖에 쫓겨나 있는 리노키스가 연습실로 마중을 나왔다.

이제부터 《니아 리스톤의 직업방문》 촬영이 있었다. 그래서 보통은 저녁까지 연습을 하지만 오늘은 오전만 했다.

율리안 의장을 비롯한 소품 담당 등을 맡은 사람들은 밤까지 남아 있었기에 밤의 걸레질은 내 일이 아니었다.

"아, 가는 거야? 촬영이라고 했나?"

"응."

처음에는 의욕이 겉돌던 샬로였지만, 지금은 상당히 차분해진 상태였다. 긴장감은 있지만, 어깨에 힘이 너무 많이 들어가진 않았다. 딱 적당히 힘을 빼고 있다.

샬로 화이트.

어른스러워 보이지만 이제 막 14살이 된 소녀다.

곱슬곱슬한 붉은 기 섞인 금발이 좌우로 흘러내리고, 키는 여성치고는 조금 큰 편이다. 그러나 아직 성장 중으로 보이는 가슴과 엉덩이의 살집은 적었다.

짙은 푸른빛 눈동자에 늘 강한 의지의 빛을 담고 있는, 상당한 미형이다. 뭐, 오라비의 미모에는 도저히 당해낼 수 없었지만.

배우가 되기 위해 시골에서 단신으로 왕도에…… 아니, 알투아르 학교 초등부를 졸업하고 나서 그대로 친가에 가지 않고 극단에 소속되어 지금에 이르렀다고 한다.

때마침 다른 극단에서 독립한 얼음 쌍왕자가 일손이 부족하다는 이유로 극단원을 모집하면서 샬로는 이 극단에 뛰어들게 되었다.

그로부터 2년이 지났다.

샬로는 주연이라는 기회를 얻으면서 지나칠 만큼 의욕으로 가득 차 있었다.

그런데 상대역인 아역 배우로 아마추어인 내가 뽑혀 기분이 언짢았다.

염원하던 큰 배역을 받았는데, 막상 잘해보려니 발목을 잡을 것 같은 아마추어가 참가한 셈이니 화가 날 만도 했다.

뭐, 그렇다고 그녀의 사정만 신경 쓰고 있을 순 없지만. 나는 내 일을 해낼 뿐이다.

"리노키스, 그 얘기는 해봤어?"

"아, 그게 있었죠. 짧은 시간이면 문제없다고 합니다."

호오. 운이 좋았군.

"의장님, 그때 그 이야기, 가능할 것 같아요."

"저, 정말?!"

소품과 관련하여 이야기를 나누고 있던 푸른 머리의 미남이 이쪽으로 달려왔다.

"정말 매직비전으로 홍보할 수 있는 거야?!"

목소리가 의외로 컸는지, 각자 연습과 작업을 하던 극단원들도 이야기를 듣고 다가왔다.

땀투성이의, 나이도 제각각인 어른들에게 둘러싸인 나는 의장에게만 미리 일러두었던 말을 꺼냈다.

"짧은 시간이라면 매직비전으로 홍보할 수 있을 것 같아요."

매직비전은 홍보 효과가 있다.

이번 경우라면 "언제 어디서 극을 합니다"라는 노골적인 홍보 영상을 내보낼 수 있는 셈이었다.

물론 관객이 늘어난다는 보장은 없지만. 그래도 늘어날 가능성은 크다.

집객률이 줄어들 위험만 없다면 해둬서 손해 볼 것은 없었다. 틀림없이 깔아둬야 할 포석이다.

반응은 극단적으로 양분되었다.

"샬로! 다녀와!"

"어?"

"아니, 잠깐만! 의상을 준비해! 메이크업도! 제일 예쁜 모습으로 만들어!"

"어, 어?"

"그 전에 목욕 먼저! 땀 냄새나!"

"아니, 냄새는 안 나거든! ……안 나지?"

응, 냄새는 딱히 안 난다……. 그런 말을 들으면 똑같이 땀투성이인 나도 신경 쓰이는데. 나도 괜찮겠지?

아직 매직비전의 홍보 효과를 모르는 극단원들의 반응은 미지근했다.

하지만 율리안 의장이나 루시다를 비롯해 그 가치를 아는 자, '널리 홍보할 기회'를 아는 자들은 한껏 들떴다.

뭐, 아무튼.

"샬로. 내가 머무는 호텔에서 같이 목욕하자. 그다음 옷을 갈아입고 촬영하러 가는 게 좋겠어."

어차피 나는 촬영 전에 목욕할 생각이었기 때문에 샬로가 함께여도 상관없었다.

나는 목욕을 하고 촬영장에.

샬로는 목욕하고 나서 일단 연습실로 돌아와 의상과 메이크업을 갖춘 후 프로그램 홍보 촬영에 들어간다.

……그런 흐름이 결정되었고, 우리는 분주하게 연습실을 빠져 나갔다.

"컷!"

첫 장면 촬영이 끝났다.

느끼한 얼굴을 한 현장 감독의 목소리를 듣고 살짝 힘을 풀었다.

"좋아, 니아 양, 오늘도 귀여워! 이대로 갈까!"

왕도에서의 촬영이었기에 촬영반 중에서는 입지가 가장 높아 보이는 벤델리오가 와 있었다.

꽤 오랜만에 만났는데 역시 변함없이 느끼하게 생겼다.

오늘의 《직업 방문》은 평소의 리스톤령이 아닌 왕도였기 때문에 왕도에서 가장 인기 있는 고급 레스토랑 《검은 백합 향기》에서 파스타 만들기를 체험할 예정이었다.

그랬다. 라임 부인과 율리안 의장, 아이스 로즈 루시다와 식사를 했던 그 레스토랑이다.

그 시점에서는 아직 방문이 확정되지 않았던 것 같지만, 연이 있었던 모양이다.

인적이 많은 메인 스트리트에서 진행되는 촬영인 만큼 약간의 구경꾼들에게 둘러싸여 있었다. 리스톤령에도 있는 현상이었으므로 이는 드문 일이 아니다. 분명 아직 촬영 자체가 드물어서 그런 거겠지.

다음은 가게 내부 촬영인데, 그 전에.

무대 방송 홍보 촬영을 하려면 여기가 좋을 것이다.

날씨도 좋고 메인 스트리트 앞이다. 카메라의 위치를 조정하면 나와 샬로, 배경으로 알투아르 성까지 비출 수 있었다.

실로 왕도다운 곳이었다. 그리고 가게 내부와 극은 전혀 상관이 없으니까.

남은 건 연습실로 돌아가 의상과 메이크업이라는 전투 준비를 하고 있을 샬로를 기다리는 것뿐인데…… 아직 안 왔네.

그리고 샬로 대신 리노키스가 다가왔다.

"아가씨, 잠깐 괜찮을까요?"

진지한 표정에 목소리를 낮추는 것을 보니 중요한 이야기인 것 같았다.

"무슨 일이야?"

리노키스에게 맞춰 아무에게도 들리지 않도록 작은 소리로 대답하자 그녀가 말했다.

"샬로 화이트가 불량배에게 붙잡혔어요."

음……?

샬로가 불량배한테 붙잡혔다고?

자세히 물어보니 내가 첫 장면을 촬영하는 동안 리노키스는 늦어지는 샬로의 상황을 살피러 갔다고 한다.

그 결과, 인적 없는 골목에서 다섯 명의 불량배에게 둘러싸여 있었다고.

아마 샬로는 지름길로 가려고 인기 없는 골목을 지나려 했을 것이다.

"저는 아가씨의 시녀 겸 호위니까요."

그래서 도우러 가진 않았다는 뜻이었다.

"그거면 돼."

사람에게는 사정이 있다. 리노키스는 자기 일에 충실했고, 샬로보다 나를 우선시했다. 그뿐이다.

개인적인 악감정으로 판단하지 않았다는 확신은 할 수 없지만.

하지만 보다시피 리노키스는 나에게 전했다. 샬로가 싫다는 이유로 외면한 거라면 아무에게도 말하지 않았을 것이다.

그리고 내 지시를 받고 움직이려고 한다.

"신속히 위병이나 민병대를 불러와."

"알겠습니——어? 제가 가는 건가요?"

"미래의 간판 여배우 중 하나야. 어서 가."

"어, 하지만 주변에 사람들도 많이 있었는데, 딱히 제가 아니더라도……."

"뭘 우물쭈물하는 거야! 어서!"

드물게 내가 언성을 높이자 리노키스의 눈꺼풀이 스르륵, 반쯤 닫혔다. 의심을 감추려고도 하지 않는 이 표정은 뭘까.

"아가씨, 안 가실 거죠?"

"…………음? 무슨 뜻이지?"

"아가씨는 그 여자 구하러 안 가실 거죠? 또 그러면서 당신으로 가실 생각은 아니죠? 때리기 좋은 튼튼한 상대가 나타났다~ 와아, 두근두근해~, 뭐 이런 생각하시는 거 아니죠?"

"그럴 리가 없잖아!"

잠깐 상황을 보러 갔다가 샬로가 위험하다고 판단되면 전원에게 피의 축제를 열어주려고 생각했을 뿐이야! 두근거리다니 말도 안 돼! 시시한 잔챙이나 불량배 같은 걸 때려서 뭐가 즐거워! 즐거운 건 강자를 상대할 때뿐이야! 약한 상대라면 과격해지지 않도록 신경도 써야 하고, 기껏해야 여흥 수준으로 최대한 힘을 조절해야 그나마 길게 즐길 수 있는데!

"빨리 가! 빨리! 빨리! 서둘러, 얼른! 빨리!"

"……."

리노키스는 의심과 의혹을 조금도 감추지 않는 얼굴로 몇 번이고 뒤돌아보며 내가 움직이지 않는 것을 확인하고는 명령대로 가버렸다.

가버렸다.

……갔지?

좋아, 서두르자! 어쩜 좋아. 니아가 되고 나서 처음으로 진짜 마음이 두근거려!

벤델리오에게 잠시 이대로 기다려달라고 전한 뒤에 나는 촬영반과 구경꾼들의 무리에서 조용히 벗어났다.

확실히 이쪽 골목에서 봤다고 했는데…… 아, 있다! 아직 있어! 다섯 명이나!

"뭐야! 놔!"

"뭐, 어때. 그런 차림으로 먼저 유혹했잖아? 우리가 놀아줄게."

굉장해!

의상과 메이크업을 통해 여배우로 변신한 샬로가 다섯 남자에게 둘러싸여 있었다. 팔을 붙잡힌 채 구속되어 꼼짝할 수도 없는 것 같다.

음!

이건, 이 상황은……!

본인의 의지를 무시한 채 구속됐다는 건 이제 누가 어떻게 봐도, 설사 한두 명의 사망자가 나와도 누구나 정당방위 성립이라고 판단할 수 있는 상황이잖아! 두근거림이 멈추질 않아!

욕심을 부리자면 강자가 있었다면 더 좋았을 텐데.

다섯 명 다 아무리 봐도 손톱을 가는 것만큼의 긴장감조차 필요 없을 수준의 불량배들이었다.

칼 같은 건 안 꺼내나? 꺼내면 좋을 텐데.

사치를 말할 생각은 없다. 적어도 반쯤 잠이 덜 깬 채라면 약간의 방심으로 찰과상을 입을지도 모른다. 그런 모래알 정도의 긴장감은 갖고 싶었다.

"저, 저기."

나는 두근거리는 마음을 감추고 그들에게 다가갔다.

"뭐야?"

남자들과 샬로가 뒤돌아본다.

"끼, 끼어도, 될까?"

만약 거절당하면 어쩌나 싶어 조심스레 물어보았다.

"잠깐, 오면 안 돼! 아무나 다른 사람을 불러와!"

다가오는 것이 나라는 걸 알게 된 샬로가 안색을 바꾸면서 그렇게 말했지만.

"오호라!"

불량배 두 명이 다가오고, 한 명이 내 퇴로를 막아섰다. 그리고 또 한 명이 내 팔을 잡는다.

"하하하! 멍청한 꼬맹이 덕분에 일이 더 편해지겠는데!"

"알지? 계속 우물쭈물하다간 이 꼬맹이 팔뚝을 부러뜨릴 거다."

오오, 그림으로 그린 듯한 불량배들이다.

더없이 완벽한 조건이 아닐 수 없었다.

"저기."

"엉?"

내 팔을 잡고 있는 불량배에게 일단 말해두었다.

"이건 이제 날 끌어들였다는 거지? 말려들었으니까 어쩔 수 없이 상대해야 하는 거지? 정당방위지? 그건 그렇고, 좀 더 세게 안 쥐면——."

나는 잡히지 않은 쪽 손으로 느슨하게 잡힌 그의 손——엄지손가락을 잡고 완전히 거꾸로 꺾어버렸다.

"부러질 텐데?"

강한 저항감을 가진 나뭇가지 같은 것이 압력을 견디지 못해 부러졌다.

"끄아아——컥!"

통증에 비명을 내지르려는 순간, 그의 목에 내 발끝이 들어갔다.

평범한 돌려차기다.

그것도 다섯 살의, 얼마 전까지 아팠고 지난 인생 전성기의 백만분의 1 정도의 위력도 없는 평범한 발차기다.

워낙 어린애다 보니 근력이 부족하다.

그래서 팔보다 더 위력이 나오는 다리를 썼다. 뭐, 목 같은 곳은 급소이니 오히려 위력을 너무 내지 않는 편이 좋으려나. 혹시나 죽여도 정당방위니까. 그렇게 신경 쓸 것도 없다.

"역시 조금 더 강한 편이 좋은데."

상당히 질이 떨어진다는 것은 부인할 수 없다.

이래서야 '기'를 다룰 것도 없다. 다섯 살 아이의 신체라도 형식대로의 기술만 쓰면 이길 수 있다.

그런데 뭐, 그래도 그 정도는 머릿수를 감안해서 봐주자.

양심의 가책이 없는 주먹은 기분 좋다.

그걸 휘두를 상대가 네 명이나 더 있는 셈이다.

시간은 없지만, 기분이 좋으니까 죽을 만큼 가감해서 적당히 즐겨볼까!

"뭐야! 이 꼬맹이 뭐냐고!"

천천히, 충분히, 느긋하게 세 사람 정도 제압했더니 샬로를 구속하고 있던 마지막 한 사람의 기세가 꺾인 듯했다.

샬로를 난폭하게 떨어뜨리더니 덜덜 떨리는 손으로 칼을 내밀

어 자세를 취한다. 공포로 얼굴을 일그러뜨리면서.

……이래서 질이 떨어지는 불량배는 싫다니까. 금방 공포에 휩쓸려서는.

흥이 깨잖아.

"우, 우리가 누군 줄 알고! 이 마크 안 보여?!"

이제 가도 된다, 라고 말하려는데 놈이 흘려들을 수 없는 말을 했다.

"마크? 혹시 마피아?"

아무래도 상관없어서 보질 않았는데, 널브러진 네 사람에게 시선을 돌리자…… 확실히 같은 무늬의 문장을 달고 있었다.

그렇다면…… 그렇다면!

"동료가 있어? 물론 강한 동료가 있는 거겠지? 수가 많은 것도 괜찮아. 백 명 정도 있어? 더 많아? ……아아, 죽일 생각은 없어. 그 부분은 안심해. 그러니까 말이야, 더 강한 사람을 많이 데려왔으면 좋겠어."

"그러니까 넌 대체 뭔데!"

어? 갑자기 겁을 먹었네. 이상해라.

"진정해. 심호흡하고. 뭣하면 도망쳐도 괜찮아. 쓰러진 네 사람을 깨워서 다시 들기만 하면 되니까. 음…… 2주 후 밤에 너희들을 만나러 갈게. 날 환영할 준비를 해줘. 알겠지? 약속이야?"

거기까지만 말한 나는 쓰러져 있는 불량배 중 한 명에게서 옷에 꿰매진 문장을 뜯어냈다.

개 문양인가?

마피아라기보단 불량배 집단 같은 느낌이려나?

뭐, 그들이 유명한 마피아인지 소규모 집단인지는 모르겠지만, 이걸 보고 탐색을 하면 모이는 곳쯤은 알 수 있겠지.

"알겠지? 약속이야? 어기면 화낼 거야."

너무 무서워서 더는 제대로 된 대화를 할 수 없었다.

그럼 오래 있을 이유도 없지.

"그럼 2주 뒤에 보자. 샬로, 가자."

슬슬 리노키스가 위병과 민병대를 데리고 올 것 같으니 그 전에 그들을 풀어줘야지. 나는 앞으로 촬영이 있기 때문에 떠날 수 없었고, 부른 병사들에게 그들이 도망쳤다는 것을 증언해야 했다.

그리고 그들은 2주 후에 민물고기처럼 내 품으로 돌아올 것이다. 동료를 우글우글 데리고.

아, 기대돼서 못 참겠다. 너무 기대돼!

"그래서 그건 뭐였어?"

벤델리오는 역시나 촬영반의 책임자답게, 내가 말하지 않아도 알투아르 성을 배경으로 촬영할 준비를 마친 채 기다리고 있었다.

비치는 광경에 빈틈이 없다. 오랜만에 만났지만 역시 벤델리오는 유능했다.

촬영반을, 무엇보다 방문하는 가게 측을 기다리게 한 상태였으므로 우선은 가장 먼저 샬로와 함께 극 홍보를 위한 촬영을 했다.

이번 극단 아이스 로즈의 무대《연모하는 여인》의 주연 여배우 샬로 화이트와 버려지는 아이 역인 내가 확실하게 날짜와 공연 기간을 공지했다.

공연 기간은 일주일.

이틀만 밤낮으로 하고 나머지는 밤뿐이다.

앞으로 연습이 일주일, 실전인 본무대가 일주일.

그리고 그 2주 후에 피의 축제가 기다리고 있다는 것이 왕도에서의 내 일정이었다.

마지막으로 가장 맛있는 것이 기다리고 있는 이 일정, 꽤 나쁘지 않다. 분명 남은 일수를 손꼽을 때마다 두근거림이 멈추질 않고 기분도 달아오를 것이다.

그렇다 해도 지금은 홍보 공지가 먼저다.

잘 생각해보면 무명인 주연 여배우보다 '얼음 쌍왕자'나 극단 이름이기도 한 아이스 로즈 루시다가 나오는 게 홍보 효과는 더 높지 않았을까. 뭐, 다들 여러모로 낯설기 때문에 이런 실수도 있는 법이다.

"샬로를 구하러 간 것뿐이야."

아까 골목에서의 일을 "뭐였냐"라고 물어도, 그 외에는 대답할 말이 없었다.

"거짓말이지?"

이번 무대 의상이기도 한 시원스러운 느낌의 타이트한 드레스에 약간 화려한 메이크업. 실제 나이인 14세보다 훨씬 나이가 많아 보이는 샬로가 주저 없이 단언했다.

거짓말이지, 라고.

참고로 미세하게 가슴을 부풀렸다는 것도 나는 알고 있었다.

"엄청 신나서 때려눕혀 댔잖아. 나를 도우러 온 게 아니라 아무나 좋으니까 때리고 싶었던 거 아냐? 그보다 왜 그렇게 강해?"

"섭섭하네. 샬로에게 큰일이 났다는 말을 듣고 정신없이 달려간 건데."

"그래, 그래. 고마워. 아무리 봐도 난 뒷전이었던 것 같지만, 일단 감사의 말은 해둘게."

애석하군.

불량배를 때리고 싶은 마음도 샬로를 돕고 싶은 마음도 비슷했는데.

"……아, 미안해. 이제부터 촬영이야."

샬로의 출연은 이것으로 끝이지만, 나는《검은 백합 향기》에서 촬영이 있었다.

나로서는 특히나 리노키스에게 말이 들어가지 않도록 샬로에게 따로 입막음해두고 싶었는데, 더는 시간이 없었다.

참고로 리노키스가 데려온 위병에게선 간단한 청취만을 마치고 일찌감치 풀려났다. 이럴 때는 리스톤가의 이름이 먹히니 귀찮은 일이 없어서 좋다.

문제는 계속 리노키스가 의심의 눈초리로 나를 보고 있다는 점이다. 촬영이 끝나면 무조건 추궁당하겠지. 우울하다.

뭐, 그녀 일은 미뤄두고.

이제부터 바로《검은 백합 향기》레스토랑에서 직업 체험을 할 예정이다.

그렇지 않아도 무대 홍보에 수고와 시간을 빼앗긴 탓에 더 이상은 모두를 기다리게 할 수 없었다.

"니아. 잠깐 괜찮을까?"

촬영반이 기자재 등을 가게로 옮기고 있는 가운데 돌연 벤델리오가 느끼한 얼굴로 이쪽으로 걸어왔다.

뭐지?

이럴 때의 그는 제일 먼저 방문할 곳의 사람에게 마지막 미팅을 하러 가는데.

"무슨 일이야?"라고 묻는 것보다도 빨리 그가 손가락을 딱 치면서 샬로를 가리켰다.

"저 아이 괜찮네. 어때? 이번에는 둘이서 해볼래? 그게 홍보 효과도 더 높지 않을까?"

"네?"

샬로가 놀랐지만, 나도 놀랐다.

《니아 리스톤의 직업 방문》은 이미 여러 차례 촬영을 해왔지만 둘이서 하는 것은 첫 사례였다.

"모처럼 왕도에서 하는 첫 촬영이니까. 이럴 때 정도는 게스트가 있는 것도 특별하고 좋을 것 같은데."

특별한 느낌이라.

뭐, 나는 지금까지 벤델리오를 비롯해 현장 감독의 말을 따라왔으니 그렇게 지시한다면 받아들이고 열심히 할 뿐이다.

"벤델리오 님이 그렇게 판단하신다면 저는 상관없습니다."

그가 하는 일이라면 나쁜 일은 없을 테니까.

내 대답에 만족했는지 벤델리오는 느끼한 얼굴을 샬로에게 돌렸다.

"넌 어떠니? 뭐, 출연료는 많이 못 주겠지만……. 뭔가 실수를 해도 니아가 도와줄 거니까 편하게 해볼래? 모처럼 차려입었잖아. 아니면 카메라는 싫어하니?"

"어, 아……."

샬로가 난처한 얼굴로 나를 쳐다보았지만 나는 난처해하는 이유를 알지 못했다.

"고민할 이유가 있어? 드디어 주연을 차지한 이번 무대를 어떻게든 성공시키고 싶은 거잖아? 그렇다면 확실히 홍보해야지."

"……그런 말을 들으니 거절할 이유가 없네."

이렇게 갑작스럽게 둘이서 직업 현장을 방문하게 되면서 촬영이 시작되었다.

무명의 신인 여배우 샬로와 왕도에서 유명한 레스토랑 《검은 백합 향기》의 중년 남성 주방장과 함께 미팅대로 파스타를 만들었다.

긴장한 샬로와 샬로 이상으로 잔뜩 긴장한 주방장과 작업을 하며 화제를 던져 나가자 점차 두 사람도 차분함을 되찾았다.

파스타와 소스 만드는 법, 만들 때 주의할 점, 만들 때의 마음가짐, 만들 때 생각하는 것, 지금까지 했던 요리의 성공담이나 실패담, 샬로의 남자 취향, 요리사 여자 취향, 처음 요리를 만들어 준 이성 이야기, 요리사가 애인을 모집하고 있다는 것, 요리사가 이런 여자가 좋다면서 여러 이야기를 꺼낸 것, 요리사가 진심으로 애인을 찾고 있다는 것을 맹렬히 어필하기 시작한 지점에서 촬영은 종료.

마지막으로 직접 만든 파스타를 시식하며 오늘 촬영은 마무리되었다.

참고로 오늘 나의 점심은 이것이었기 때문에 아침부터 아무것도 먹지 않았다.

먹는 촬영은 위를 조절해야 하는 것이 귀찮다.

"니아 씨, 오늘은 감사했습니다."

요리사가 말하길, 일전 왕도 방송국에서 취재를 받았을 땐 너무 긴장한 나머지 요리도 말도 실패해서 결국 매직비전에 내보낼 수 없었다고 했다.

이전의 실패가 있었으니 더욱 긴장했던 것이다.

"덕분에 이번에는 무사히 끝낼 수 있었습니다. 정말 감사합니다!"

나와, 아마도 벤델리오를 필두로 한 촬영반 전원이 분명 같은 생각을 하고 있으리라.

──무사한 걸 넘어서 너무 과했다고.

말이 과하게 많다, 이 아저씨. 애인은 대체 왜 모집하는 거야.

이런저런 문제도 있었지만, 무사히 촬영도 끝났다.

이제 일주일 뒤에 있을 무대를 준비하기만 하면 됐다.

《직업 방문》 촬영이 끝나자 그 뒤로는 순식간이었다.

처음엔 샬로가 불량배에게 얽힌 그 사건에 대한 리노키스의 추궁을 피하려고 애써 바쁜 척하며 일을 만들었지만, 머지않아 정말 바빠졌다.

오라비에게 왕도를 안내받을 시간도 좀처럼 가지지 못하고, 결국 그럴 기회도 없이 공연의 본무대를 맞이할 것 같았다.

온종일 연습이 진행되고, 실전 같은 연습을 마친 배우들과 함께 나도 매일 땀을 흘렸다.

나는 아마추어에 배우 지망생도 아니어서 그렇게까지 깊이 있게 들어가진 않았지만, 주위에 있는 진심 어린 배우들에게 감화된 덕에 나름대로 봐줄 만하게 완성되었다고 생각한다.

신참이라고도 할 수 없는 내가 제 몫을 할 수 있게 되었다는 식의 우스운 말을 할 생각은 없다. 그러니 나름대로 완성된 정도다.

아슬아슬하게 보여줄 수 있을 정도의 급제점을 딴 수준이었다.

실전을 며칠 앞두게 되니 율리안 의장을 비롯해 루시다와 극단원들의 얼굴도 진지해졌다. 기합이 단단하게 들어간 얼굴이다.

연습실에는 늘 팽팽한 긴장감이 감돌기 시작했다.

이렇게 되자 나도 좀 신경이 쓰였다.

"저기, 샬로."

"음?"

옆에서 다른 사람의 연습 풍경을 보고 있는, 이번 작품의 주연 샬로.

모두 기합은 들어가 있지만, 그중에서도 붙잡은 기회를 전력으로 붙잡고자 하는 샬로 화이트는 누구보다 기합이 들어가 있었다.

연습이 시작됐을 땐 몇 번인가 연출이나 대사 표현에 관해 여러 사람과 충돌이 있었다. 그렇게 열정과 의욕이 겉돌던 시절도 있었지.

"날 때려도 괜찮아."

"……응? 무슨 말이야?"

그녀의 시선은 움직이지 않은 채 극단원의 연극을 보고 있었다. 아무래도 무슨 말인지 이해하지 못한 것 같다.

"아이인 샤튜테를 버리고 남자 워커에게 달려가는 장면 말이야. 잡고 늘어지는 아이를 뿌리칠 때 손바닥으로 때리잖아? 그때 진짜 때려도 돼."

고작 여자 손바닥 정도는 몇 대 맞아도 끄떡없다.

아마추어인 내가 조금이라도 배우로서 공헌하기 위해서는 그 정도의 리얼리티가 필요하지 않을까 싶어 계속 신경이 쓰였다.

적어도 때리는 척하는 것보단 더 박진감 있게 다가오지 않을까.

"아아, 마음은 나도 아는데. 그런 건 안 된대."

"안 된다니?"

"나도 전에 비슷한 말을 한 적 있었어. 때려도 된다고. 근데 연극에서 너무 과해져 버리면 그쪽으로 신경이 쏠려서 관객들이 연극을 보는 시각이 분산되고 흔들린다고 의장님이 그러더라.

연극은 어디까지나 연극. 볼거리의 범주를 넘어서면 안심하고 볼 수 없으니 안 된다, ……라는 게 방침인가 봐."

과연.

연극이니까 무슨 일이 있어도 안심하고 볼 수 있는 것인데, 과해지면 그것에 신경이 쓰여서 극을 보지 못한다고.

……듣고 보니 확실히 그런가.

이번 무대《연모하는 여인》은 차세대 간판 여배우 샬로 화이트를 선보이기 위한 것이다.

그녀가 엄마를 그만두고 아이를 버리는 장면은 엄마에서 사랑에 빠진 여자가 되는 결정적인 장면이다. 극의 가장 큰 볼거리라고 할 수 있다.

그런 절정 장면에서 정말 아역 배우인 나를 때린다면 그녀보다 맞은 나에게로 시점이 향하게 될 것이다. 걱정하는 시선이 쏠릴지도 모른다.

제목 그대로《연모하는 여인》이 주인공이다.

나이대가 있는 어른을 대상으로 하는 연극인만큼 '얻어맞고 버려진 불쌍한 아이'가 너무 돋보인다면 마음 아파하는 어른도 많을 것이다. 가뜩이나 가혹한 상황을 겪었는데 거기서 얻어맞기까지 하면 주의가 쏠릴 법도 하지.

그렇게 되면 연극을 순수하게 즐길 수 없게 될지도 모른다.

그나저나 정말로 답답하군, 연극이라는 건.

꼬인 인간관계를 주먹 하나로 해결해 버리는, 쉽고 명쾌하고 유쾌하고 상쾌한 이야기로 끝내면 좋을 텐데.

"오늘은 여기까지! 보충 연습은 없으니까 얼른 돌아가서 쉬어!"

오늘도 아침 연습부터 시작해 벌써 저녁이 되었고, 율리안 의장의 목소리로 다들 해산했다.

공연까지 이틀 남았다.

연습을 할 수 있는 것은 내일까지다.

요 며칠간 추가 연습은 없었다. 컨디션이 나빠지지 않도록, 또 중요한 타이밍에 다치지 않도록, 지나친 연습을 하지 않게 신경 쓰는 것이다.

"니아."

"안 돼."

"잠깐만 부탁해."

"잠깐이라도 하면 싫어도 힘이 들어가잖아."

"제발! 어떻게 좀 안 될까?"

추가 연습이 금지된 지난 며칠 동안 샬로는 내가 빌린 호텔에 따라 들어오고 있었다.

어떻게든 연습을 하고 싶으니까 어울려 달라, 그 후엔 밤이 늦었으니 자고 가겠다, 그런 식으로 어쩌다 보니 은근슬쩍 함께 지내는 관계가 되어버렸다.

나쁘지 않은 민폐다.

내가 아마추어가 아니라면 강하게 반발했겠지만, 다소 방해는 돼도 주연 여배우가 편안하게 연기할 수 있는 환경을 제공하는 것도 나쁘지 않았다.

뭐, 애초에 샬로가 있든 자고 가든 크게 신경 쓰이지 않기 때문에 나는 아무래도 상관없었다.

문제가 있다면 최근 나와 샬로의 거리가 가까워지는 바람에 리노키스의 심기가 몹시 언짢아졌다는 것 정도다. 이쪽이 더 심각한 문제다. 아주 심각하다.

"니아, 잠깐 괜찮을까?"

물고 늘어지는 여배우에게 제대로 잡혀 있는데, 율리안 의장이 찾아왔다.

"늦어서 미안해. 티켓을 몇 장 주고 싶은데 부르고 싶은 사람 있니?"

아, 맞다.

"만약 받으면 달라고 한 가족들과 지인들이 있어요. 음, 그러니까──."

으음, 먼저 양친.

오라비 닐. 오라비의 시녀 리넷도 오라비와 떨어뜨리지 않는 편이 좋겠지.

그리고 벤델리오도 느끼한 얼굴로 티켓을 갖고 싶다고 했다.

리노키스는 무대 끝 쪽에 있겠다고 했으니 그녀의 몫은 필요 없으려나?

그리고 조부도 보고 싶다고 한 것 같긴 한데, 그 이상의 언질이 없다. 올 것 같기도 하지만 안 올 가능성도 높지 않을까.

뭐, 조부 몫은 괜찮으려나. 난 아직 만난 적도 없으니.

"다섯 장이 필요해요."

"알았어. 마지막 공연 티켓으로 다섯 장 준비해 놓을게."

호오, 마지막 공연인가.

그러고 보니 최종 공연 때는 촬영이 들어간다고 들었는데……

뭐, 지금은 아무래도 상관없나.

학생인 오라비는 그렇다 쳐도 양친과 벤델리오는 스케줄 조정이 필요할 테니 여유가 좀 있는 편이 좋았다.

최종 공연이라면 약 일주일 정도의 유예가 있다. 조정은 가능할 것이다.

"첫째 날 표는 다 팔린 거죠?"

샬로가 기쁘게 묻자 율리안 단장도 기쁘게 고개를 끄덕였다.

"그래, 그것도 첫날뿐만이 아냐. 문의가 많은 걸 보니 이 정도면 낮 공연도 괜찮을 거야. 홍보 효과가 제대로 먹힌 것 같아."

밤 공연은 일주일 연일. 낮 공연은 두 번 있는데, 이건 예매가아니라 당일 티켓을 발행한다고 했다.

극단원들이 나서서 지나가는 사람들에게 호객하는, 꽤 공격적인 방법으로 사람들을 불러 모은다고 했던가.

신출내기 극단은 자주 쓰는 방식이었기에 여기 극단 아이스 로즈도 똑같이 하려는 것 같았다.

"그리고 샬로, 니아에게 폐를 끼치면 안 되지."

"맞아요."

"거짓말?! 민폐 아니지! 오늘도 같이 자자!"

"자자니, 민폐야. 돌아가."

샬로가 방에 있든 없든 나는 아무래도 상관이 없지만, 나보다 리노키스가 신경 쓰였다. 요즘 그녀의 기분이 정말 안 좋았다. 그래서는 곤란하다.

이러니저러니 했지만 샬로는 결국 내가 빌린 방까지 올라와서 연습을 졸라댔고, 밤길은 무섭다는 핑계로 평소처럼 자고 갔다.

그리고 곧 본무대가 시작되었다.

실버 가문의 아침 식사에는 늘 매직비전이 나온다.

──"그, 극단 아이스 로즈의《연모하는 여인》, 잘 부탁드립니다!"

한눈에 보기에도 경직되고 긴장한 여배우가 풋풋함이 느껴지는 모습으로 무대 공지를 하고 있었다. 의상이나 생김새는 어른스럽지만 보기보다 젊어 보이는 여배우였다.

──"극장에서 기다리고 있겠습니다."

그리고 이어진 건 처음 마정판에 비친 이후 점점 영상 노출이 늘고 있는 하얀 소녀다.

긴장하고 있는 여배우와 지극히 침착한 어린아이.

확연하게 노골적인 대비가 반대로 눈길을 사로잡았다.

니아 리스톤.

리스톤령에 있는 방송국에서 그녀의 이름을 단 프로그램이 흘러나오기 시작한 것이 겨울의 일이었다.

그로부터 반년도 안 돼 이번에는 무대에 선다고 한다.

"흠."

아침 식사 자리에서 그 영상을 보던 실버 영주 빅슨 실버는 아침부터 종종 얼굴을 비추는 니아 리스톤에 대해 오늘도 같은 생각을 했다.

'건강해 보여. 게다가 무척 침착하군.'

다섯 살짜리 아이라는 것이 믿기지 않을 정도로 언제나 침착한 하얀 소녀.

처음 봤을 때는 앓고 난 뒤라 얼굴색도 안 좋고 너무 말라서 걱정했는데, 요즘은 살집도 제법 올라서 평범한 아이처럼 보인다.

태도나 언행은 전혀 아이답지 않지만.

자신의 막내딸과 동갑이라는 게 믿기지 않을 정도로 차분하고 늘 평정심을 잃지 않는다.

다양한 직업을 찾아 체험한다는 기획으로 여러 모습을 보여주고 있지만 초조해하거나 당황하는 모습만큼은 본 적이 없다.

"여배우 쪽은 괜찮은데, 니아는 오늘도 촌스러워……."

매번 같은 말을 되풀이하는 사람은 올해 27살이 되는, 복식 관련 회사를 경영하고 있는 장녀이다.

불쾌한 것인지 답답한 것인지 인상을 찡그리는 것도 매번 똑같다.

또한 결혼 예정은 없다.

"홋, 후후후…… 니아~ 무대 보러 갈게~ 우후후후…… ."

화가인 20살 둘째 딸은 하얀 소녀의 팬이다.

다만 질척한 얼굴로 히죽히죽 웃으며 그녀를 핥듯이 바라보는 그 모습은 범죄자로밖에 보이지 않았다.

아비로서 슬프지만 역시 매일 생각한다. 결혼은 요원할 것 같다고.

셋째 딸은 알투아르 학교 고등부 기숙사에 들어가 있어 이곳에 없다.

그리고 하얀 소녀와 동갑인 막내딸은.

"……."

여느 때처럼 기분이 언짢은 듯, 그러나 뚫어지게 마정판에서 나오는 영상을 보고 있었다.

니아 리스톤을 라이벌로 삼기 시작한 것은 언제부터였을까.

얼굴은 확연하게 언짢아 보이는데, 그녀의 모습을 멀리하려 하진 않았다.

평소 감정이 확연히 드러내는 솔직한 막내딸 레리아렛이 처음으로 속에 무언가를 쌓는 듯한 모습을 보였다.

좋아한다고 말하기는 어렵다.

하지만 신경은 쓰일 것이다.

그런 레리아렛의 심경을 헤아려 빅슨이 말했다.

"레리아. 무대 보러 갈래?"

실버 가문에서 왕도까지는 반나절도 걸리지 않는다.

밤에 비행선을 타고 하룻밤 자면 아침에 이미 왕도에 도착이다.

공연은 일주일간 계속된다고 하니 업무 스케줄을 조정하면 하루 정도는 낼 수 있을 것이다.

애초에 빅슨은 열성적인 영주도 아니다. 하루빨리 가독을 물려주고 싶었고, 적당히 농땡이도 부리고 싶었다.

"리클은 간다더구나. 같이 가겠니?"

리클비타──둘째 딸은 "후후?" 하고 히죽거리는 미소를 지으며 부친과 레리아렛을 바라보았다. 그런 얼굴로 보지 말라는 말이 반사적으로 튀어나올 뻔했지만, 부친은 꾹 참았다.

"언니, 그런 얼굴로 보지 마."

레리아렛은 참지 못한 것 같다.

"안 가요. 왜 내가 굳이 니아 리스톤을 보러 가야 하죠? 웃기지도 않네요. 그쪽에서 와야죠."

"후후후. 아버지는 무대를 보러 가겠냐고 물어보신 거지 딱히 니아를 보러 갈 건지 물어보신 건 아닌──미안, 미안, 포크 던지지 마, 위험해, 위험해!"

결국 레리아렛은 무대를 보러 가지 않았다.

하지만 훗날 방송될 최종 공연 영상을 보고, 자신도 보는 쪽이 아닌 나가는 쪽으로 나아가기로 한다.

실버 가문에서 치열한 아침 식사가 벌어지고 있는 같은 시각.

——"그, 극단 아이스 로즈의 《연모하는 여인》, 잘 부탁드립니다!"

——"극장에서 기다리고 있겠습니다."

매직비전 영상 속에서는 본 적도 없는 무명의 주연 여배우와 이제 조금씩 리스톤령의 얼굴이 되어가고 있는, 주연 여배우의 아이 역을 맡은 니아 리스톤이 나란히 서서 인사를 하고 있었다.

그 영상을 보던 그녀가 작게 중얼거렸다.

"……왔군요."

호사스러운 방의 주인은 홀로 아침 식사를 하고 있었다.

곁에는 시녀가 몇 명 자리하고 있었지만 마치 장식처럼 미동도 하지 않았다.

"오라버니께 전갈을. 점심 때 만나러 간다고 전해주세요."

"알겠습니다."

"오늘 예정은 병원 위문이었죠?"

"네. 학교가 끝나는 대로 가실 예정입니다."

"알겠어요."

무대 공지 후 레스토랑에서 파스타를 만들고 있는 니아 리스톤의 모습이 눈에 밟혔지만, 그녀는 빠르게 식사를 마치고 일어섰다.

알투아르 왕국 제3 왕녀 힐데트라. 올해로 7살.

'의외로 자주 볼 수 있는 왕녀'——그런 캐치프레이즈가 생겨나고 있는 그녀는 매직비전에 출연함으로써 인기를 얻었고, 이미 왕도에서는 모르는 사람이 없을 정도의 지명도를 자랑하고 있었다.

그녀는 기다리고 있었다.

자신과 똑같이 떠오를 또래의 소녀를.

그것이 이제야 찾아왔다는 것을 확신했다.

리스톤 가문이 니아를 내세우기 시작했다는 것이 확실해졌다. 그 증거가 왕도로의 진출, 왕도에서의 활동과 촬영이다.

이대로 아무 일 없이 키운다면 몇 년 안에 만나게 될 것이다.

그날이 기대되네, 하고 힐데트라는 마음속 깊이 투지를 불태우는 것이었다.

알투아르 왕도에 있는 광활한 창고 거리.

북, 남, 서쪽은 비교적 평화롭거나 평상시처럼 창고로 사용되고 있었지만.

동쪽은 뒷세계에 사는 자들의 소굴이 된 상태였다. 안쪽으로 갈수록 분위기는 더 험악해지고, 악당들의 은신처가 있거나 혹은 암투기장이 있거나 불법 카지노가 있었다.

슬럼이 존재하지 않는 평화롭고 풍요로운 알투아르 왕국의 몇 안 되는 이면이었다.

그 동쪽의 안쪽. 더는 누구의 것인지도 모를 오래된 창고 중 하나에 그들의 거점이 있었다.

본래 창고로 쓰였던 널찍한 공간은 늘 어두컴컴했고 여러 개의 테이블과 의자가 난잡하게 놓여 있었다. 술과 담배 냄새로 찌든 이곳 커뮤니티에 엮인 채 살아가는 남자와 여자들이 시끌벅적하게 머물고 있었다.

그런 어두운 창고 한쪽에 있는 공간은 이 창고 지배자의 특등석이다.

고급 소파에 앉아 양옆으로 노출이 심한 여자를 끼고 있는 한 남자.

금색 액세서리를 좋아해서, 너무 좋아한 나머지 위에서부터 아래까지 금색으로 차려입은 천박한 남자. 가슴이 탁 트인 셔츠를 입고 있어 솔직히 남자가 보기엔 보기 흉했다.

그리고 그 주위로 금색의 남자가 신뢰하는 부하들이 네 명 정도. 여자의 얼굴은 다르지만 그 외에는 비슷한 얼굴들이었다.

"보스, 부르셨습니까."

결코 일반인으로 보이지 않는, 위험해 보이는 그런 무리 앞에, 검은 정장의 남자가 찾아왔다.

이름은 안젤. 직업은 보디가드.

호리호리하고 키도 크진 않았지만, 실력 하나는 확실한 남자다. 적어도 마피아의 호위를 맡을 정도로는.

"그래, 안젤."

무슨 이야기를 하고 있었는지 낄낄 웃던 금색 남자…… 안젤의 고용주 네힐가가 기분 좋은 얼굴로 자신의 호위에게 시선을 고정했다. 술이 들어간 것인지 살짝 흔들렸지만.

"일단 앉아."

"아뇨, 괜찮습니다. 전 일개 호위니까요."

보스가 직접 권유했지만 안젤이 즉각 거절했다.

"변함없이 딱딱하구나, 네놈은."

늘 있는 일이라 새삼스러웠기에 그 누구도 아무런 말을 하지 않았다.

"죄송합니다. 제 몇 안 되는 고집이라서요."

고용주에게 너무 개입하지 않고 의뢰받은 일은 반드시 해낸다. 이 두 가지가 안젤의 철칙이다.

뒷세계의 쓰레기들 속에서 살아남기 위해 자신에게 부과한 규칙이다. 이 규칙이 있기 때문에 신뢰받는 것이고 일을 맡길 수 있는 것이었다.

믿을 수 없는 사람에게는 아무도 일을 맡기지 않는다. 그뿐이다.

"뭐, 좋아. 너한테 부탁할 게 있어. 물론 보수는 내지."

"예, 무슨 일입니까?"

"내 아래 있는 애들…… 음, 뭐였지? 아아, 맞아. '지그재그독'이다. 거기 애들이 재미있는 얘길 가져와서 말이야."

"자세한 내용은 됐습니다. 알아봤자 저와는 상관없으니까요. 그보다 부탁하고 싶은 건 뭡니까?"

"여전히 재미없는 녀석이군. 즐거운 돈벌이 얘기 정도는 기분 좋게 말하게 해달라고."

그런 건 알 바 아니라는 것이 안젤의 솔직한 소감이었다.

"그럼 결론만 말하지. 여기 애들 팀 다 때려잡아 와. 아, 죽이진 말고."

"허어?"

상당한 명령이었다. 이해할 수 없고 진의를 파악할 수도 없었다.

뒷세계를 동경하는 아이들 같은 건 써먹는 입장상 뒤탈 없이 이용할 수 있는 편리한 쓰레기에 지나지 않는데.

그것을 해치우려는 이유는 무엇인가.

뭐, 안젤에게는 아무래도 상관없었기 때문에 묻진 않겠지만.

"다 하려면 상대가 많습니다. 그만큼 보수에 반영해 주시는 겁니까?"

불량소년들이 모인 팀은 크고 작은 것을 포함해서 20개 정도. 거기에 속한 자라면 백 명은 넘을 것이다. 하루 이틀로 끝날 일이 아니다.

"그건 상관없지만 하나 더 있다."

"하나 더?"

"니아 리스톤을 납치해 와라. 알겠나? 니아 리스톤이다."

왔다.

호출되기 직전 안젤은 가볍게 사전 정보를 들어둔 상태였다.

니아 리스톤이라는 아이가 애송이들과 실랑이를 벌인 일에 대해 네힐가가 흥미를 갖고 있다고. 바로 직전 동료였던 여자에게 들었다.

실제 이 일에 자신이 관여할지 어떨지는 확신이 가지 않았는데,

지금 확실하게 개인의 이름이 붙은 구체적인 지시가 날아왔다. 앞선 팀의 패배도 니아 리스톤과 관련이 있는 것이 분명했다.

"네, 뭐. 가끔 뉴스페이퍼에서도 나오는 이름이니까요. 유명한 4계급 귀인 아가씨. ……그 애를 유괴하고요? 역시 그쪽은 사양하고 싶은데요."

"뭐?"

"전 어디까지나 호위니까요. 애들 청소는 보스 신변 경호의 일환으로 할 순 있지만 아이 유괴는 호위와 상관이 없습니다."

그리고 속마음을 말하자면, 귀인에게 싸움을 거는 것은 내키지 않았다.

아무리 시대가 지나며 신분의 울타리가 낮아지고 이제 귀인도 평민도 별반 다르지 않게 되었다지만.

그렇더라도, 그래도 넘어서는 안 될 선이 있다.

귀인의 자식을 유괴한다면 알투아르 군부가 움직일 것 같다. 그렇게 되면 목숨은 없다. 오히려 동쪽 창고 거리가 통째로 으스러질 것이다.

"칫, 알았어. 그럼 그 애도 때려눕혀만 놔. 유괴는 이쪽에서 할 테니까. 그럼 됐지?"

"알겠습니다. 그럼 그렇게 하고 오겠습니다."

이리하여 안젤은 움직이기 시작했다.

표적은 불량소년들과 니아 리스톤이다.

──"스스럼없이 말 걸지 마. 설령 그 사람이 죽었다 해도 나는 영원히 그 사람의 것이니까."

그런 미망인 나타샤의 첫마디로 시작하는 극단 아이스 로즈의 무대《연모하는 여인》는 무려 9회에 이르는 공연을 펼쳤다.

의상이나 소품 파손 등 예상치 못한 사고, 배우의 작은 실수, 무대 장치나 조명 미스 등이 조금 있었지만 대체로 성공적이라고 볼 수 있었다.

매직비전을 통한 홍보 효과 덕분인지, 내 인기가 그럭저럭 작용했는지, 연일 손님들의 발길도 끊임이 없었다.

율리안 의장과 루시다가 목적한 대로 무명 여배우를 널리 알릴 수 있었으리라.

예상 밖이었던 것은 어른들을 위한 공연이었음에도 내 또래 정도인 아이들 손님이 많았다는 것 정도.

오라비와 그의 친구나 지인 정도만 와줄 거라 생각했는데 예상을 뛰어넘는 수가 찾아왔다.

아이가 보기에는 잔인한 내용일 것 같은데…… 아이가 완전히 엄마에게 버림받는 이야기.

뭐랄까, 교육상 좋지 않은 공연일 텐데. 부모는 어떤 마음으로 애들을 데리고 보러 온 거지? 아이 교육에 좋지 않다.

뭐, 어쨌든.

마지막 공연을 마치고 커튼콜에 화답하며 인사하고, 땅이 울릴 정도로 우레와 같은 박수를 온몸으로 받으며 무사히 모든 공연을 성공적으로 마칠 수 있었다.

　아마추어인 나로서는 무대를 망가뜨릴 정도의 실수를 하지 않았다는 것이 다행스러웠다.

　이 광경은 배우로서는 더할 나위 없는 기쁨일지도 모른다.

　하지만 나에게는 '리스톤가의 딸'로서 과부족 없이 일을 완수했다는 것을 의미했다.

　무대의 막이 내린 것에 안도했다.

　이것이 그저 다음 일로 잘 이어진다면 좋을 텐데.

　"니아, 손님이야."

　응?

　대기실에서 기쁨을 나누거나, 땀을 닦거나, 통곡하는 주연 여배우를 매몰차게 뿌리치거나, 메이크업을 지우거나, 옷 갈아입는 것을 방해하는 주연 여배우를 멀리하거나, 자꾸만 주연 여배우가 귀찮게 달라붙고 있는 그때, 루시다의 부름에 뒤를 돌아보니.

　"니아!"

　마지막 공연에 와준 양친과 오라비와 그의 시녀, 벤넬리오, 그리고 내가 모르는 노신사가 얼굴을 보였다.

　노신사는 아마 조부일 것이다. 티켓은 보내지 않았지만 와준 듯했다.

극단 아이스 로즈는 실력과 지명도는 고사하고 이제 갓 시작한 신생 소극단이다. 탈의실은 남녀별로 방 두 개를 나눠놨지만, 대기실은 큰 방 하나로 분장실도 겸하고 있었다. 그래도 좁았다.

답답해 보이는 대기실을 보고 가족들은 눈치 빠르게 "레스토랑에서 기다리고 있을게"라고 말하고는 곧바로 자리를 벗어났다.

어느 레스토랑인지는 내가 나오기를 근처에서 기다리고 있을 리노키스가 알고 있을 것이다.

양친과 오라비, 조부까지 기다리게 하는 것은 본의가 아니었기에 서둘러서 옷을 갈아입으려 했다.

"지금 그 사람들, 니아네 가족?

"응. 옷 갈아입을 거니까 좀 떨어질래?"

그보다 샬로도 좀 갈아입으면 좋겠는데.

애들은 여기서 헤어지지만, 어른들은 뒤풀이 모임을 따로 가질 거잖아? 매운 술이나, 단 술이나, 독한 술을 마시는 거잖아? 이쪽은 가족들이랑 레스토랑에서 식사다. 분하니까 빨리 가 버려. 그리고 술 마시고 숙취나 걸려라.

"가족이라. 학교 초등부 졸업하고 고향에 돌아가지도 않았으니 벌써 2, 3년은 못 봤네."

"가끔은 고향에 돌아가 보지 그래? 그리고 좀 떨어질래?"

"아니…… 우리는 농가거든. 고향에 돌아가면 더 이상 이쪽으로 못 돌아올 것 같아서. 어차피 돌아갔다 한들 농사일을 도울 뿐이고, 머지않아 적당한 남자랑 결혼해서 평생 농사짓는 미래밖에 없었을 거야. 그게 싫어서 집에 안 가고 계속 좋아하던 연극의 세계로 뛰어들었어. ……고향에 돌아가 보고 싶긴 하지만, 아직 배우만으로 먹고 살긴 어려우니까 돌아가기는 아직 이를 것 같아."

"아하, 그렇구나. 좀 떨어질래?"

사람에게는 각자 사정이 있으니 일률적으로 돌아가라거나 돌아가지 말라고 말참견할 생각은 없었다.

다만 나중에 크게 뉘우치는 일이 없기를 바랄 뿐이다. 그리고 정말 빨리 좀 떨어졌으면 좋겠는데.

"샬로, 오늘 이후 일정에 대해서 말인데——."

좀처럼 떨어지지 않아서 솔직히 성가신 참이었다. 그런 주연 여배우의 주의를 끌어준 루시다에게 감사를 전하며 재빨리 옷을 갈아입었다.

자, 끝났다.

"그럼 여러분, 저는 실례하겠습니다."

루시다나 샬로 외에 다른 여성 배우에게 인사했다.

이러니저러니 해도 샬로 이외에도 친해진 극단원은 많았다. 한 달여 동안 매일같이 얼굴을 맞대고 함께 깊이 있는 시간을 보내 온 것이다. 친해지지 않는 것이 더 이상하다.

다음 의뢰가 없으면 이대로 헤어질 사람들이다.

아쉬움도 있지만, 인생은 만남과 이별의 반복이다. 어차피 피할 수 없는 이별이고 눈물바람은 딱 질색이니까 얼른 떠나기로 하자.

율리안 의장에게도 인사를 할 생각이었는데 대기실에 없다. 그 사람은 지금까지의 공연에서도 주로 손님 배웅을 하고 있었으니까.

"아, 니아. ──넌 기다려."

어째서인지 내게로 돌격하려는 샬로의 목덜미를 잡아챈 루시다가 말했다.

"율리안이 보낸 전언이야. '오늘 밤은 뒷정리로 바빠서 못 만날 것 같아. 내일 아침 호텔로 만나러 갈게'라고. 그때 나도 동행할게."

아아, 그렇군. 그럼 이제 돌아갈 일만 남았네.

"그럼 내일 봬요."

배우들의 배웅을 받은 나는 대기실을 떠났다.

관계자 출입구 쪽에서 기다리고 있던 리노키스와 합류해 가족이 기다리는 식당으로 향했다.

바로 이때 율리안 의장은 귀빈석의 제3 왕녀 힐데트라를 만나 내게 인사하고 싶다는 요청을 듣고 있었는데, 이를 알게 된 것은 다음 날이다.

"마지막 무대가 제일 좋았어요."

"이렇게 말하긴 좀 그렇지만 여덟 번이나 실전 연습을 했으니까.

아홉 공연 중 여덟 공연은 리허설.

여러 번 무대에 서고 여러 상황에 익숙해지면 당연히 완성도는 마지막 회가 가장 높아질 것이다.

그리고 마지막 날은 매직비전 촬영이 들어갈 예정이었다. 무대에 설 때는 집중한 상황이어서 카메라가 있었는지 어떤지는 모르겠지만.

뭐, 촬영하지 않을 이유가 없으니 분명 촬영했겠지.

"이제 그 여자와도 이별이군요. 휴우, 충동적으로 죽여버리기 직전이었어요."

"말하는 것도 행동도 하지 마."

"어쩔 수 없잖아요. 그 여자, 밤엔 거리낌 없이 아가씨와 노닥거리는 주제에 낮에는 아가씨를 버리는 거죠? 이건 더 이상……손이 나간다 해도 용서받을 일 아닌가요?"

"용서할 수 없어."

밤이야 어쨌든 낮에는 무대랑 연습에서 버린다는 뜻이잖아. 그걸 따지자면 저쪽은 버리는 역할이고 나는 버려지는 역할이었으니 어쩔 수 없지.

왕도의 밤은 떠들썩하다.

가로등도 밝아 행인도 적지 않았다.

그런 밤길 아래, 레스토랑으로 향하면서 나와 리노키스는 그런 이야기를 나눴다.

공연이 끝났다.

즉——이걸로 약속했던 2주일이 경과한 것이다.

무사히 일은 마쳤다.

이것으로 아무런 걱정도 사양도 참을 일도 없이 약속된 날짜를 맞이했다.

이번 왕도 체류의 진정한 즐거움은 이제부터다.

"아니, 나도 아직 못 마셔."

아이인 나는 가족들과 식사하러, 어른들은 무사히 공연을 마치고 뒤풀이를 하러 갔다.

그랬을 텐데.

가족과 식사를 마치고 호텔로 돌아오자 로비에서 기다리던 샬로에게 붙잡혔다.

아직 14살인 그녀는 법적으로 술을 마실 수 없어 뒤풀이 모임에서 식사만 마치고 왔다고 한다.

"여긴 왜 온 거야?"

그게 너무나도 수수께끼였다.

이제 대본을 읽을 이유도 없는데. 집에 가라고, 집에.

"뭐, 어때. 뭐든 상관없잖아."

아니, 나는 상관없지만. 있든 없든.

"……."

그런데 리노키스가 말이지. 조용히 살기를 내뿜고 있다고 할까. ……샬로는 그것을 눈치채고 있을까. 배우의 마음은 읽기 어렵다.

뭐, 어느 쪽이든 상관없는 나는 거절할 이유도 딱히 없었다.

어차피 오늘로 마지막이니까 조용히 분노를 끓이는 리노키스에겐 좀 참아달라고 할까.

방에 있는 욕실에서 개운하게 목욕을 마치고 머리를 말리거나 화장수를 바르며 잘 준비를 하는 나에게,

"좀 물어볼 게 있어."

이미 속옷 차림으로 침대에 들어가 있는 샬로가 말했다.

참고로 리노키스는 이미 나간 상태다.

또 하나 참고로, 극단원 전원은 대중목욕탕에 갔다가 뒤풀이 장소에 참여했다고 한다. 필시 쓰러질 때까지 술을 마시는 코스다. 부럽다. 괘씸하다. 부럽다.

"내 힘의 비밀? 고기야. 고기를 먹으면 강해져."

"아니, 안 물어봤어. 애초에 고기만으로 해결되지 않는 것도 많잖아."

뭐, 그런가.

고기만 먹어서 강해질 수 있다면 고생할 일도 없겠지. 애당초 고기를 안 먹어도 나는 강하니까.

"그 질문은 아니지만 비슷한 거야. 왜, 2주 전에 내가 남자들한테 잡혔을 때, 2주 후에 뭐가 어쩌고 했었지? 그건 어떻게 됐나 싶어서."

아아, 그러고 보니까. 2주 전에 잠깐 놀아줬던 불량배들과 다음 약속을 했을 때 그 자리에 샬로도 있었나? 까맣게 잊고 있었다.

그때는 니아가 된 후 첫 대인전에 설레는 상태였으니 어쩔 수 없었고, 그 후로도 이 건에 대해서 샬로는 언급한 적이 없었다.

나만이 손꼽아 남은 일수를 세고 기대한 것뿐이니까.

"어떻게 되고 말고, 그냥 농담이잖아."

"거짓말. 무조건 할 거면서."

짐작한 대로 하긴 하겠지만. 기대하고 있었으니까.

"그때부터 되도록 함께 있었는데 그 녀석들이 모인 곳에 나가려는 기색은 없었어. 그러니까 이제부터 아냐?"

"혹시 날 감시했던 거야? 그래서 호텔까지 자러 온 거고?"

그렇다면 역시 샬로는 배우다.

나를 감시하는 듯한 기색이 일절 없었기에 감시당하고 있다는 생각은 하지 못했다.

"겸사겸사 한 거지. 내 아파트엔 욕조가 없으니까. 도움이 많이 됐어."

내 감시가 목적인가, 목욕이 목적인가.

어느 쪽의 비중이 높은지는 모르겠지만, 그것 또한 사소한 것이다.

"갈 거지?"

"안 갈 거야."

"그럼 리노키스한테 일러도 되지?"

"갈 거야. 기대 많이 했어. 무조건 갈 거야. 막으면 용서하지 않겠어."

그 말을 들은 이상 숨길 수 있을 리가 없다.

리노키스에게 이르는 것은 곤란했다. 그리고 그녀의 입을 통해 양친에게 보고가 들어가는 것은 더더욱 곤란했다.

"저기, 위험한 짓은 그만두면 안 될까? 니아가 강하다는 건 이미 알지만, 위험에 제 발로 뛰어드는 건 별로 현명하지 않은 일이라 생각해."

음, 동감이다.

"무(武)에 사는 자는 90%가 어리석은 자야. 몇 년이고 몇 년이고, 그야말로 목숨을 걸 정도로 단련해도 검 한 자루, 작은 생물의 독으로 어이없이 죽고 말지. 물론 사고나 병으로도 죽고. 오랜 세월에 걸쳐 쌓아온 것이 한순간에 헛수고가 되는 일도 있어. 알겠어? 아무리 강해져도 약한 부분을 지울 수 없는데, 그래도 여전히 강함을 추구하는 삶의 방식. 전혀 영리하지 않지? 그러니까 애초에 현명한 선택이라는 게 어울리지 않는 존재야."

나 같은 경우는 특히 그렇다.

어쨌든 자연스럽게 '죽어서 살아났음에도 여전히 무에 살고 싶다'는 생각이 들 정도다.

분명 예전의 내가 그랬겠지. 그런 삶밖에 모르는 것이다.

현명한 삶의 방식은 처음부터 눈에 들어오지 않는다.

어리석은 삶밖에 생각할 수 없다.

"……그렇지."

샬로는 절절하게 고개를 끄덕였다.

"무가 어떻다는 건 잘 모르겠지만, 현명한 선택을 할 수 없다는 건 아주 잘 알아. 현명하게 살기 위한 선택만 해왔다면 나도 장래가 불투명한 배우 같은 건 안 했을 거야. 그냥 친가에 가서 농사를 지었다면 안정적으로 살 수 있을 테니까."

그럼 알겠지.

"난 갈 거야. 필요한 일이니까."

"그럼 나도 데려가."

응?

"샬로도 같이?"

"니아는 지지 않을 거지? 질 생각도 없고? 그럼 내가 함께해도 되지 않아?"

……흠.

알아버린 이상 샬로는 나를 내버려 둘 수 없다. 어쨌든 다섯 살짜리 어린아이니까 보통은 말리겠지.

근데 강하게 말리지는 않는다. 그걸 떠나서 내가 들어주지 않을 거라는 것을 알고 있는지도 모른다.

서로 현명하지 못한 삶을 선택한 사람으로서, 희미하게나마 아는 것이다.

"방해될 것 같으니까 현장에 데리고 갈 수는 없지만, 멀리서 상황을 지켜보는 건 허락할게. 그 이상의 타협점은 없어."

요컨대 정말 만일의 경우엔 끼어들어서라도 말리고 싶다는 것이겠지.

그렇다면 현장이 아니라 조금 떨어진 곳에서 대기하도록 하고, 위험하다고 생각되면 위병이든 민병대든 부르면 그만이다. 그게 가능한 위치에 있으면 돼.

그런 상황은 찾아오지 않겠지만.

"알았어. 그걸로 됐어."

다음 날.

"니아, 수고해줘서 고마워. 공연은 대성공이었어."

"덕분에 샬로를 선보일 수 있었어. 정말 고마워."

아침 일찍 극단 아이스 로즈 의장인 율리안과 그의 쌍둥이 여동생 루시다가 호텔 방으로 찾아왔다.

어제 여기 묵은 주연 여배우가 방에 있는 것을 보고 왜 샬로가 있지? 하는 표정을 짓고 있다. 쌍둥이인 만큼 의아해하는 얼굴이 꼭 닮았다.

"이걸로 의뢰는 완료야. 넌 부족함 없이 일해냈어."

율리안 의장에게서 일의 종료를 통보받았다.

의뢰비나 기타 협상은 양친이 하고 있었기에 어느 정도의 돈이 들어왔는지는 알 수 없다. 리스톤가의 재정에 얼마나 도움이 되었는지는 모르겠지만, 뭐 적어도 마이너스는 아닐 것이다. 호텔 체류비도 라임 부인이 부담했을 테고.

그보다 이 호텔, 라임 부인의 남편인 3계급 귀인 조레스 라임의 소유라고 하는데. 확실히 성에 근무하는 고위층답다.

"저야말로 신세 많이 졌습니다. 또 필요한 일이 있으시면 말씀해 주세요."

다음 일로 이어졌으면 좋겠는데.

그건 그렇고.

마지막 인사를 마친 율리안 의장과 루시다, 그리고 샬로가 방에서 나가자 리노키스와 단둘이 남게 됐다.

"저 여자가 더 이상 오지 않을 거라 생각하니 후련하네요!"

리노키스가 환한 얼굴로 싱글벙글했다. 오랜만에 보는 평화로운 얼굴이다. 요즘 험악했으니까. 늘 그렇게 있으면 좋겠다.

하지만 느긋하게 있을 수만은 없었다.

"할아버님과의 약속은? 이제 곧 아냐?"

"아, 그랬죠."

오늘은 일이 없었다. 간밤에 만난 조부와 함께 왕도를 관광하는 약속만 있을 뿐이다. 낮부터는 오라비 닐도 합류할 예정이다.

양친은 왕도에서 잠시 일을 하고 곧 리스톤령으로 돌아간다고 하니 이곳에서 만날 예정은 없다. 여전히 바쁜 사람들이다.

그리고 나도 내일 조부와 함께 리스톤령으로 돌아갈 예정이다.

그러니 마지막 즐거움은 오늘 밤이다.

그들은 나를 환영할 준비를 하고 있을까?

아, 이 틈에 선언하러 갈까? "오늘 밤에 갈게" 하고.

좋아! 결정된 이상 일단 리노키스 먼저 따돌리고 마크를 단서로 그들을 찾아볼까!

한 무더기 정도의 잔챙이라도 백 명이나 되면 하룻밤 정도는 즐길 수 있을 것이다.

그렇다면 오늘 밤은 잠 못 이루는 밤이 되는 건가?! 기대되는구나!

"아, 미안. 두고 온 물건이 있으니까 여기서 좀 기다려."

이제부터 조부와 합류한 뒤 왕도를 관광할 것이다.

"두고 온 물건이요?"

리노키스와 함께 조부가 묵고 있는 호텔에 가기 전. 호텔 로비까지 내려왔다. 움직여야 할 타이밍이라면 이쯤이리라.

그래, 나는 해야 할 일이 있다.

그들과의 약속 확인이다.

하지만 그 전에 우선 리노키스와 헤어져 단독 행동을 취해야 했다. 모든 것은 그녀의 눈이 닿지 않는 곳에서 신속하게 행해져야 한다.

"뭘 두고 오셨는데요?"

어, 내용물을 물어봐?

"……음, 지갑?"

리노키스에게서 "알겠습니다. 기다리고 있겠습니다" 같은 대답밖에 예상하지 못했던 나는 일단 가지고 있진 않지만 외출할 때 필요한 물건을 떠올려 보았다.

"아가씨는 원래 지갑 같은 건 안 갖고 계시잖아요. 제가 갖고 있으니까요."

그랬다.

내 돈 관리는 리노키스에 맡겨두었다.

그렇다기보단 애초에 내가 돈을 쓸 기회는《직업 방문》으로 간 곳에서 작은 기념품이나 특산품을 사는 정도뿐이다.

용돈은 받고 있지만, 지갑에 얼마가 들어 있는지조차 모른다. 전혀 파악하지 못하고 있다.

이렇게 지갑과 거리가 먼 내가 지갑을 신경 쓰는 것만큼 부자연스러운 일도 없으리라. 내가 생각해도 그랬다.

"그럼, 음…… 손수건?"

"그것도 제가 가지고 있는데요."

그랬다.

애초에 나는 나갈 때 뭔가를 가지고 있었던 적이 없다. 전부 다 리노키스에게 맡기니까. 얼마 전까지만 해도 몸조차 휠체어에 맡 겼을 정도다.

어쩌지. 아무것도 안 떠올라.

"……아가씨. 뭔가 꾸미고 계신 거죠?"

인연 없는 지갑이나 손수건을 언급한데다 다음 말을 잇지 못하 고 있으니 리노키스의 얼굴에 의혹의 빛이 퍼져나갔다.

이러다가는 무슨 말을 해도 리노키스가 내게서 떨어지지 않을 것 같다.

에이, 어쩔 수 없지. 너무 전형적이라 반대로 쓰지 않았던 이유 로 가자.

"눈치 좀 채. 화장실이야."

"아, 그렇군요. 그럼 모시겠습니다."

"그래서 싫었어. 화장실 정도는 혼자 가게 해줘."

"……네? 반항기인가요?"

아니, 차마 말할 수 없는 일이 있을 뿐이다……. 그래도 뭐, 괜찮겠지. 반항기라고 해둘까?

"그래! 반항기야! 반항하고 싶은 나이라고!"

당당하게 쏘아붙였지만, 그녀는 아주 속이 뻔한 거짓말을 보는 듯한 눈빛으로 나를 내려다보았다.

"너무 작위적이시네요."

리노키스…… 이 여자, 지금 나를 손바닥 위에서 가지고 놀았겠다.

"애초에 반항기라는 건 본인 입으로 말할 만한 게 아니에요. 반항기임에도 반발을 한다고나 할까요. 이유 없는 반골 기질 같은 거니까요."

……확실히 듣고 보니 스스로 반항기를 자칭하는 것은 누가 봐도 거짓말 같았다.

그보다는 의혹이 걷히지 않았을 뿐인가. 여러 가지 의미에서.

"아무튼 잠시 다녀올게. 부끄러우니까 화장실 정도는 혼자 가게 해줘."

"알겠습니다. ……늦으시면 데리러 갈 거예요."

칫, 단호하긴……. 하지만 그 이상의 타협은 바랄 수 없겠지.

어쩔 수 없다. 서두르자.

로비에 있는 공용 화장실로 들어가 창문을 통해 밖으로 탈출했다.

낮지 않은 높이에 있는 환기용의 작은 창문이지만 아이의 몸이라 문제없었다. 벽을 뛰어올라 창문을 향해 몸을 비틀어 스르륵 빠져나갔다.

낮지 않은 높이에서 땅으로 뛰어내려 곧바로 달리기 시작했다.

어쨌든 시간이 없다. 리노키스가 상황을 보러 오기 전에 끝내고 다시 돌아가야 했다.

우선 샬로가 붙잡히면서 처음 그들과 만난 장소로 가보기로 했다.

남의 눈을 피한 뒷골목이라 어두컴컴하고 눈에 띄지 않는다. 약간의 실랑이가 벌어지기엔 안성맞춤인 조용하고 어두운 곳이지만 지금은 아무도 없다. 오전이라 그런 걸까. 이른 아침이라고는 할 수 없는 시간대지만, 불량배나 뒷세계의 주민들이 움직이기 시작하는 시간은 밤이니까.

마음이 급했다.

지금의 나에게는 1급 마수보다 리노키스가 더 성가셨다.

이렇게 되면 닥치는 대로 골목을 달려서 불량배 같은 놈을 찾아보자.

그렇게 생각하고 뛰어다니다가──곧 그럴싸해 보이는 3인조를 발견했다.

시간이 없어, 잽싸게 가자.

"잠깐 괜찮을까?"

"엥?"

골목을 줄줄이 걷고 있던 3인조 남자들이 돌아보았다. ……음, 딱 보기에도 약해 보이네. 그래도 정보원으로는 충분하다.

"……이게 뭔지 알려줄 수 있을까? 참고로 시간이 없으니 우물 쭈물하고 있으면 거친 수단을 쓸 거야. 신속하게 대답해."

그렇게 물으며 그날 불량배에게서 빼앗은 문장을 보여주었다.

"뭐?"

"뭐야, 이 꼬맹인."

"야, 잠깐만. 나 이 녀석 본 적 있──으헉?!"

우물쭈물하고 있을 시간은 없다.

특히 나를 아는 것 같은 왼쪽 남자의 배에 발차기를 넣고 그대로 배를 발판 삼아 안면에 무릎을 박았다. 그런 지지부진한 내부 정보 교환은 나중에 나 빼고 천천히 하도록 해.

"뭐, 뭐야, 이 자시──크악?!"

착지함과 동시에 반응이 느린 정중앙 남자의 한쪽 다리를 후려치면서 동시에 몸을 밀어 지면에 넘어뜨리고──.

"컥?!"

반응이 심하게 느린 오른쪽 남자를 향해 늑골 아래에서 내장을 노리고 주먹을 찔러넣자 무너지듯 쓰러진다. 고통이 심한 나머지 말도 못 한 채 몸부림치고 있다.

"이게 무슨 짓——으앗?!"

땅바닥을 구른 정중앙의 남자가 일어서려고 하기 직전, 눈앞에 문장을 들이댔다.

"알아? 몰라? 친구들은 이미 다 자고 있는데, 너도 자고 싶어? 편하게 재워줄 생각은 없어."

"너, 너 뭐야! 우리가 누군 줄 알고!"

"모르고 관심도 없어. 빨리 정보를 넘기지 않으면 손과 다리뼈가 희생될 거야. 참고로 농담 아니야."

"……."

내 모습에서 진심을 읽어냈을 사내가 얼굴을 경직시키며 목을 꿀떡 울렸다.

그리하여 궁금했던 정보를 알아내고, '오늘 밤 가겠다'는 전갈을 부탁한 뒤 급히 호텔로 돌아갔다.

결과는 아슬아슬했다.

위험했어.

화장실에서 나온 직후 리노키스와 마주치는 바람에 정말 위험할 뻔했다.

그때부터는 예정대로다.

조부와 합류하여 왕도를 관광했다.

특필할 일은 없었지만, 한 가지 조부에게서 신경 쓰이는 이야기를 들었다.

어제 이곳 알투아르 왕국의 제3 왕녀 힐데트라가 《연모하는 여인》 마지막 공연을 보러 왔고, 나에게 인사하고 싶어 했다는 말을 라임 부인에게서 들었다고 한다.

나는 아직 왕녀를 본 적이 없지만, 그녀는 매직비전에 나오는 인기인인 듯했다.

왕녀는 아직 일곱 살 난 여자아이란다.

매직비전에서 아이 출연자는 드물다고 알고 있었는데…… 그녀의 경우는 '아이 출연자'가 아닌 '왕족의 공무'로서 간주된다고. 뭐, 요컨대 아이가 아닌 왕족 관련으로 분류되고 있는 셈이다.

왜 왕녀가 나에게 관심을 갖는지는 모르겠지만…… 딱히 만나지 않아도 되겠지. 일로 이어진다면 만나도 좋겠지만.

오후부터는 오라비 닐과 오라비의 전속 시녀 리넷도 합류해 비행선 조선소를 구경하고 왕도 방송국 안을 구경하기도 했다.

마지막으로 저녁을 먹고 헤어져 호텔로 돌아왔다.

내일 이른 아침 조부와 함께 왕도를 떠날 예정이다.

준비는 오늘 아침 끝내뒀다. 드디어 가장 기대되는 시간이었다.

심야에 나는 호텔을 빠져나왔고——.

"아, 진짜 왔네."

호텔 앞에서 만나기로 했던 샬로와 합류했다. 없어도 되고, 차라리 오지 말라고 생각했는데. 있네. 뭐가 재밌어서 그녀는 나를 따라오는 걸까.

시간은 유한하다. 우리는 원하는 곳으로 빠르게 향했다.

심야에도 메인 스트리트는 가로등의 반짝임과 건물에서 새어 나오는 불빛으로 제법 밝았지만, 한 블럭 옆 골목으로 들어서자 제법 어둡고 쓸쓸한 밤길이 되었다.

"샬로는 알고 있지 않았어? 그 녀석들 말이야."

"그 녀석들? 아, 그러고 보니…… '지그재그독'이라는 불량 집단이었나. 나는 이름 정도밖에 몰랐지만."

그래. 그 지그재그독.

그 마크를 가진 자들은 지그재그독이라고 한다. 아마 오늘 밤 소멸할, 뒷세계 주민에 발 한쪽을 담그고 있는 개들이겠지.

그 밖에도 왕도에는 몇몇 불량배 무리가 있는 것 같지만, 큰 관심은 없으니 아무래도 상관없었다.

지금은, 오늘 밤은, 오늘 밤만큼은 개들과 놀 생각뿐이었으니까.

물어보자마자 정보를 얻어낼 수 있었을 정도이니, 그 개들은 왕도에서는 그럭저럭 유명한 것 같았다.

물론 나쁜 의미로 말이다.

갈수록 양심이 아프지 않은 주먹이 되어가는 셈이었다.

메인 스트리트에서 점점 멀어지다 보니 깨끗하기만 했던 왕도의 더러운 부분이 눈에 띄었다.

그림에 그린 듯 껄렁해 보이는 사람이 있거나, 모여 있거나, 마시고 있거나.

"이봐——악!"

"네놈——아얏!"

"애송이가——앗, 아파!"

노골적으로 붙잡으려들 때마다 순식간에 처리해 버렸다.

이건 이거대로 즐겁지만, 약간 양심의 가책이 있기 때문에 별로 내키지는 않았다.

말투는 불량하지만 걱정이 된다는 이유로 붙잡는 녀석들도 없지는 않을 테니까.

어쨌든 이쪽은 다섯 살짜리 아이이고.

여자도 데리고 있고.

누가 보기에도 나쁜 감정을 띠고 있지 않은 녀석들도 있었다.

……아니, 겉으로 보면 아이를 동반한 여자로 보일 수도 있으려나? 내가 주도한다고는 생각할 수 없는 조합이리라.

"니아는 정말 강하네. 옆에서 보는 대도 무슨 일이 일어나고 있는지 잘 모르겠지만."

"리스톤 가문에 대대로 내려오는 비전 무술이야. 아무한테도 말하지 마. 비전이니까."

"알았어."

"내친김에 실전 경험을 쌓고 싶어. 그래서 가는 거야."

"흐음."

샬로는 딱히 잘 모르는 것 같고 관심도 없어 보였지만, 그것으로 됐다. 자세히 설명할 수 있는 것도 아니니까.

가끔 길을 물으며 열 명 정도 더 처리해 나가자 그 가게가 보였다.

제대로 된 이름이 적혀 있었을 간판 위로 '지그재그독'이라는 페인트가 칠해져 있는, 조악하고 큰 술집.

저곳이 지그재그독의 집합소라고 해야 할까, 아마도 세력권일 것이다.

음? 인기척이 적네……. 환영 준비가 안 된 건가?

"샬로. 넌 여기까지."

"응. 저기 건물 옥상에서 보고 있을게."

그러면서 술집 건너편에 있는 폐허를 가리켰다. 기척을 살펴보 았지만 아무도 없으니 여기라면 들어가도 괜찮겠지. 이 정도면 그렇게 오래 걸리지도 않을 테니까.

"조심해, 니아."

네, 네. 그건 내가 상대할 개들한테 해야 할 말이겠지만.

만약 인기척이 많았다면 함정 같은 것을 경계하여 기세 좋게 창 문이라든가 뒷문 쪽으로 들이닥쳤을 텐데. 아니면 벽을 뚫고 가 거나.

하지만 인기척이 많지 않아서 당당하게 정면으로 들어가 보 았다.

고즈넉한 가게 안은 엉망진창이었고, 의자와 테이블도 부서져 있거나 굴러다니고 있었다. 외관상으로도 예상은 했지만 제대로 된 영업은 하지 않고 있는 듯했다.

"아, 진짜로 왔다."

들어가자마자 바로 정면.

어둑어둑한 가게 안.

그나마 성한 의자에 앉아 있는, 깔끔한 정장을 차려입은 남자와 눈이 마주쳤다. 그리고 그의 주변에는 세 명의 남자가 쓰러져 있다.

응, 모르겠다.

"이게 무슨 상황일까? 난 그들의 복수에 어쩔 수 없이 어울려 주려고 온 건데."

내가 어쩔 수 없이 살짝 응징을 가한 것에 대해 그들이 앙심을 품고, 비겁하기 짝이 없는 인원으로 둘러싸서 나를 향한 원한을 푼다.

그리고 나는 굳이 원한을 풀고 싶어 하는 그들이 매복한 곳에 뛰어들었다는 상황이었다.

어디까지나 나는 피해자, 연루된 쪽, 복수라는 원망에 대해 정면으로 마주하는, 몇 명 정도는 죽여도 정당방위가 성립될 수 있는 상황을 만들고자 했다.

의욕이 넘쳤는데!

좀 세게 때릴 수 있을까 기대하고 있었는데!

일대일이 되면 우발적이었다거나, 흐름상 어쩔 수 없었다거나, 기세가 과했다거나, 그 밖의 다른 사정 같은 걸 핑계 삼을 수가 없잖아!

"무슨 상황이고 뭐고."

정장 차림의 남자는 느릿한 어조로 담배를 입에 물고 불을 붙였다.

"이런 작은 애한테 당할 정도의 녀석이라면 우리 쪽에는 필요 없다는 거지."

우리 쪽이라.

"당신은 진짜 마피아야?"

"뭐, 그거랑 가까우려나."

과연. 그 개들은 마피아의 말단 같은 거였군.

"그렇지만 사정이 좀 달라졌네. 너, 강하군. 이래서야 녀석들이 진 것도 무리는 아닐지도 모르겠어."

정장을 입은 남자는 일어서더니 굴러다니는 남자 중 한 명을 걷어찼다.

"운이 좋았구나. 저 꼬맹이가 안 왔다면 죽었을 거다, 너희들. 이제 가봐."

쓰러져 있던 남자들——슈트의 남자에게 당한 것처럼 보이는 그들은 고통스러운 몸을 질질 끌며 뒷문으로 떠났다.

"그래서, 이제 어떻게 해줄 거지?"

"어떻게 해주다니?"

"그러니까아, 우리 체면을 구겨놨잖아. 나도 굳이 시간을 내서 출장까지 왔고. 그 녀석들은 아무래도 상관없지만, 그래도 이 업계에서 얕보이면 끝이라는 거야. ——그리고 너는 지금, 우리를 얕봤지? 대놓고 보란 듯이 자극해대고 있잖아."

아아, 흐음.

"결착을 내자. 그런 건가."

"명답. 똑똑한 아이구나. 허투로 이런 곳까지 혼자 온 건 아니네."

……결착이라. 결착 말이지.

"그건 내가 할 말이네."

열받네. 정말로 열받아.

뭐가 결착이냐.

이쪽은 이미 오늘 밤 백 명을 상대로 날뛸 거라는 기대를 품고 왔는데, 뚜껑을 열어보니 이 꼴이다. 이 실망감 어쩔 거야. 장난해?

어떻게 해줄 거냐. 오늘 밤 내 주먹은 피에 굶주려 있었는데. 채워지지 않는 메마른 이 마음을 어떻게 해줄 거냐고. 정말로 기대하고 왔는데!

"나는 휘말린 싸움에 대응한 것일 뿐 그 이상은 아무것도 없어. 결착? 나는 오늘 밤 여기에 그걸 내러 온 건데. 당신이 방해하지 않았다면 그걸로 끝났을 텐데."

그런데 무슨 사정이 있는지 모르겠지만 걔들의 상사 같은 게 끼어들어서 방해한 것이다.

심지어 엄청나게 약해 보이는 게.

"그들이 내게 갚아야 할 외상값을 네가 지금 당장 내줘야겠어. 지금부터 온 힘을 다해 괴롭혀줄게. 울고 사과할 때까지 용서하지 않겠어."

"……아, 그래? 살짝 울리기만 하고 용서해주려고 했는데."

내 전투태세를 확인하더니, 정장을 입은 남자가 담배를 던지고 다가왔다.

의외로 젊다. 아니, 꽤 젊네. 키도 큰 편은 아니고 체격도 널찍한 편은 아니다. 몸은 가늘다.

의욕은 없어 보였지만 다갈색의 눈동자만큼은 이상하리만치 빛났다.

폭력에 대한 갈망인가, 아니면 강한 적의의 빛인가.

"너, 죽인다."

빠르다.

심하게 늘어져 있던 남자의 몸이 휘었다.

화려한 완급이 만들어내는 동작, 군더더기 없이 느슨한 몸짓에서 폭력으로 이어지는 동작은 상상을 뛰어넘는 속도였다.

그가 날린 첫발, 오른쪽 주먹은 내 안면을 깊게 후려쳤다.

——좋군.

첫발부터 망설임 없는 공격. 아주 좋아.

좋아. 잔챙이 백 명이 더 재밌었겠지만, 오늘 밤은 이걸로 참아주지.

연거푸 열 대 정도 맞았다.

주저함도 없고, 또 용서도 없는, 안면을 노린 날카로운 주먹이다.

아주 좋아. 못 참겠어.

통증은 있었고, 실제로도 꽤 아프고, 약간의 멍 정도는 좀 남을 것 같기는 하다.

하지만 약자의 절박한 반항이라고 생각하면 사랑스러움마저 느껴졌다.

무심코 웃음이 터져 나온 나는 기꺼이 열 방 정도 더 맞아주었다. 그러자 정장 입은 사내가 대놓고 몸을 뒤로 빼며 인상을 찌푸렸다.

"왜 웃는 거야……."

"음? ……전혀 아프지 않아서?"

실제로 상당히 아프긴 했지만. 음, 뭐랄까, 생명을 건드리는 것과 비교하면 가려운 정도였기에 피할 필요도 없다고 할까. 모기에 물린 수준 이하랄까.

"……이상해. 때리는 이쪽은 엄청나게 손맛이 느껴지는데. 정통으로 맞았잖아. 한 방에 때려눕힐 생각으로 때린 건데 왜 안 움직이는 거지?"

그건 어쩔 수 없지.

"네가 약해서 그렇겠지. 아이 하나 때려눕히지 못할 정도라는 얘기 아닌가?"

"뭐?"

"나는 약자의 실력을 받아들인 뒤 그 판을 뒤엎어주는 것이 강자의 의무라고 생각한다. 강함의 다음 단계가, 아직 그 위가 있다는 것을 확실하게 보여주면 패배의 양식으로 삼을 수 있잖아? 진

이유도 분명히 알 수 있고 말이야."

그리고 양식을 얻고 더 강해지면 된다.

나라는 강자를 목표로 해. 강해져라.

뭐, 나를 따라잡을 수 있느냐 없느냐는 다른 문제지만.

"잘도 말하는군."

정장을 입은 사내는 의욕 없던 표정에서 단호한 적의와 악의, 살기를 띠고 웃었다. 다행이군. 이제야 좀 의욕이 나나 보네.

그래, 그래. 진심으로 해줘. 이 자리에서 모든 걸 내보여. 어차피 약하니까.

그 위에서 내가 짓뭉개주마.

이것이 강자의 의무다.

"……정말로 죽인다."

정장을 입은 남자가 오른손을 휘두르자 금속 막대가 나타났다.

"어? 그게 뭐야?"

나도 모르게 물어버렸다.

지금 그는 저 막대를 어디서 꺼냈지?

속임수? 암기(暗器)류인가?

아니, 저 정도 길이의 막대를 숨기고 있는 것처럼 보이진 않았다. 그걸 떠나서 물리적으로 숨길 수 있는 크기가 아니었다. 접을 수 있는 것도 아닌 것 같고.

"뒈져라, 망할 애송아!"

하지만 나의 의문 따위는 들은 척도 안 한 그는 느닷없이 패기와 노기를 드러내며 거침없이 막대를 휘둘렀다.

까앙!

그저 금속 막대고, 쓰는 것이 그라면 딱히 맞아줘도 상관은 없었겠지만.

그래도 일단 정체불명의 무기라서 오른팔로 받아보았다.

자연스럽게 들이밀어진 형태가 된 막대를 관찰하며 아마도 그냥 철로 된 막대임을 확인했다.

음…… 흔히 말하는 마검이라든가, 고도의 마법검이라든가, 마법이 걸린 무기였다면 갑자기 꺼낸 것도 납득이 갔을 텐데.

하지만 그가 가진 막대는 그냥 평범한 금속 막대였다.

"우오오오오오!"

포효하는 그가 사정없이 금속 막대를 계속 내려쳤다. 광기마저 느껴질 정도로 가차 없이, 가감 없이, 기세대로 내려쳤다.

나는 그것을 적당히 받아주었다.

맞아도 상관은 없겠지만, 역시 단단한 물건에 맞으면 피가 날 것 같으니 그만두었다.

일단 귀인의 딸이고, 옷도 더럽히고 싶지 않았고, 리노키스에게 들키면 골치 아프고.

"……."

54발 정도 맞았을 때 슈트를 입은 남자의 움직임이 멈췄다.

광기와 충동에 이끌려 난동을 부린 탓인지, 어깨로 숨을 몰아

쉰 채 멍한 얼굴로 나를 내려다보고 있다.

그리고 불쑥, 중얼거린다.

"……이봐, 나 약해?"

음, 물어보는 건가? 나한테?

"글쎄. 솔직히 말하면 잘 모르겠어."

분명 그는 지금까지 싸움을 특기로 생각하며 살아왔을 것이다.

그리고 이렇게까지 쏟아냈음에도 아무런 피해를 입지 않은 나를 보며 자존심이 상했을 것이 분명하다.

자신이 강하다고 생각하는 사람에게는 자주 있는 절망의 감정이었다.

기억에는 없지만 나도 여러 번 경험했던 것 같다. 경험을 시킨 적도 있는 것 같다.

그러니까 알 수 있었다.

"내가 강할 뿐인 건지, 내가 강하고 네가 약한 건지. 어느 쪽일까. 뭐, 어느 쪽이든 내가 강한 건 확실하니까 딱히 나한테 져도 부끄러워할 필욘 없다고 생각해."

말하면서 오른팔을 쓰다듬었다. 휘둘러진 금속 막대를 계속 받아낸 팔이었다. 살짝 멍은 좀 들었을지도 모르지만, 이 정도면 하룻밤 만에 사라질 것이다.

또 하나 확실한 것은 내 기준으로 그는 너무 약하다는 것이다. 일반적으로 약한 쪽에 속하는지 어떤지는 모르겠지만.

이 정도라면 사과를 먹으려고 껍질을 깎을 때, 토끼 모양으로 해달라고 할까 말까 고민하는 정도의 마음으로도 이길 수 있었다. 그는 딱 그 정도다.

"이제 끝났어?"

그가 전력을 다했다면 다음은 내 차례다.

"연습에 좀 어울려줄게. 덤벼봐."

나는 내일 왕도를 떠난다.

싸울 수 있는 것은 이번이 마지막이 될 것이다.

백 명을 상대할 생각으로 왔는데 이런 실망감을 맛봤다.

조금 정도는 놀지 않으면 정말 소화불량으로 잠을 이룰 수 없을 것 같았다.

연신 휘둘러오는 금속 막대를 피해 몇 번이고 그의 얼굴을 갈겨주었다. 물론 약하게 말이다. 세게 때리면 죽으니까. 터질 테니까.

38대 정도 때려주자 그의 마음이 완전히 꺾였다.

"……이제 죽여."

뚝 하고 꺾인 마음과 함께 무릎 꿇은 그의 손에서 금속 막대가 흘러내렸다.

아무래도 힘의 차이를 깨닫고 포기한 것 같다. 음, 좋아.

"물러날 때를 모르면 어쩌나 고민했는데."

합계 38발인가? 그는 꽤 노력한 한 편이었다.

나는 적당히 놀이에 어울린 정도지만 그에게는 분명 양식이 되었을 것이다.

언젠가는 나를 뛰어넘는 존재가 되어 준다면 기쁠 텐데.

"그럼 돌아갈게. 이제 괜찮지?"

"……이대로 끝날 거라 생각하지 마."

음? 아아, 그랬구나.

"너 마피아의 일원이지? ……그럼 다음엔 내가 먼저 맞이하러 갈게. 난 왕도에 살지 않아서 이제 고향으로 돌아갈 거야. 또 왕도에 올 테니까 그때 놀지 않을래? 음…… 그래, 왕도에 오면 이 술집에 얼굴을 비추는 걸로 할게."

"……."

그는 내 말을 어떻게 받아들여야 할지 모르겠다는 듯 어리둥절한 표정을 지었다. 부어터진 얼굴로.

"약속이야. 어차피 개들은 쫓아냈으니까 이 술집 경영이라도 하던가 해. 나는 조만간 꼭 올 테니까. 그때까지 날 환영할 준비를 해줘."

떠오른 김에 말해봤는데 의외로 가능성이 있는 이야기였다.

이 술집이 내게는 몇 안 되는 싸울 상대를 구할 수 있는 장소가 된다면 가장 베스트다. 꼭 그런 장소가 됐으면 좋겠다.

"……너 특이하구나, 꼬맹아."

뭐, 그건 부정하지 않겠지만.

"그런데 그건 어떻게 꺼낸 거야?"

무인된 자라면 패자인 무사에게 경의를 표하고 용무가 없을 시 신속히 자리를 떠나야 했다.

정장 입은 남자의 마음은 완전히 꺾였다. 아니, 내가 꺾어버렸으니 이미 결착은 났다. 이 이상 할 생각은 없다.

그래서 바로 갈 생각이었는데, 그 전에.

"그거? ……아, 쇠파이프 말인가."

내가 바닥을 구르는 금속 막대를 가리키는 것을 본 남자가 말했다.

"평범한 매직웨폰이야. 드물지도 않잖아?"

호오. 매직웨폰이라.

"그건 마법이야? 희귀해?"

"할 수 있는 놈은 적지만 이 현상 자체는 유명해. ……그런가, 꼬맹이니까. 모르는 게 많긴 하겠지."

엄밀하게 꼬맹이라고 말해도 될지 알 수 없었기에 그 부분은 놔두기로 했다.

"방금처럼 어디선가 순식간에 무기를 꺼낼 수 있는 거라고 생각하면 되는 거야?"

"대체로는."

아아, 그래? ……흐음.

"재미있네."

그렇게 말한 나는 그에게서 등을 돌렸다. 궁금한 건 들었으니 이만 가자.

"갈게. 다음에 봐."

"아아. 꼭 다시 와라. 이걸로 결판을 냈다고 생각하지 마. 끝이 아니니까."

얼굴은 퉁퉁 부었지만 살기 어린 시선과 티 없이 순수한 살의에 전율이 일었다.

꽤나 강자의 소질이 느껴지는 인재였다. 외형에 좌우되지 않고…… 아이를 상대로 주저 없이 주먹을 휘두를 수 있다는 점도 나쁘지 않았다.

나머지는 실력만 있으면 농밀한 살육전을 치를 수 있을 것 같은데…… 실력이 있으면, 말이다. 아쉬워라. 조금만 더 강했으면 좋았을 텐데.

……아.

"저기."

"어? ──끄헉?!"

무릎을 꿇은 채로 있던 그의 배에 발차기를 넣어 확실하게 쓰러트렸다.

"무슨, ……네놈……!"

오, 굉장하군. 의식을 잃게 하려고 꽤 진심으로 찬 건데 의식을 놓지 않았구나.

그럼 어쩔 수 없지.

"한동안 술집에서 나가지 않는 게 좋을 거야."

지금 상태로 말려들면 견디지 못할 테니까.

한동안 아픔과 괴로움으로 움직이지 못할 그에게 일단 그렇게 말해두고, 나는 미뤄둔 메인 디시를 먹어 치우기 위해 향했다.

"──안녕하세요."

"헉, 깜짝이야!"

갑자기 등 뒤에서 들려오는 목소리에 샬로 화이트는 펄쩍 뛰며 놀랐다.

어쩐지 위험한 일에 끼어들고 싶어 하는 하얀 소녀──니아 리스톤이 걱정되어 따라온 샬로.

여기까지 오는 길도 그렇고, 어딘지 모르게 기분이 좋아 보이는 분위기와 아무 주저 없이 허름한 술집으로 향하는 그녀의 등을 보고 있노라니 크게 걱정할 필요가 없다는 생각이 들었다.

본인 말대로 월등히 강할 것이다. 정말로.

니아가 술집에 들어간 것을 확인하고, 자신도 상황을 볼 수 있도록 술집 건너편 폐허로 올라가려던 참이었다.

등 뒤에서 들려온 갑작스러운 목소리에 놀라 뒤돌아보니──.

"아, 메이드 씨."

"시녀입니다."

니아의 전속 메이드, 아니 전속 시녀가 사용인 복장을 하고 서 있었다.

이름은 리노키스였을 것이다. 대화한 적은 별로 없다.

그녀는 극 연습을 거듭하면서 몇 번이나 봐왔다.

물론 샬로는 그녀가 자신을 그다지 좋아하지 않는다는 것도 알고 있었다. 신경 쓴다 해도 어쩔 수 없는 일이라 신경 쓰지 않았는데.

"음…… 니아를 따라온 거야?"

"네, 저는 아가씨의 신변을 돌보는 것 외에 호위도 겸하고 있으니까요. 눈을 뗄 수는 없습니다."

과연.

니아는 누가 봐도 명백하게 좋은 집안의 아가씨였다. 시녀나 호위도 뒤따를 법하다며 쉬이 납득했다.

"위에서 지켜볼 거죠? 갈까요?"

"어?" 하고 샬로는 자신을 앞질러 먼저 가는 시녀의 등을 좇았다.

"니아를 말리러 온 거 아니야?"

"말릴 이유가 없어서요."

"응? 위험한 짓 하지 말라든가, 이유는 있지 않아?"

"저분이 저보다 훨씬 강하시니까요. 이 단계에 이르면 더 이상 말릴 수 없어요."

충격적인 발언…… 같지도 않았다.

별로 자각은 없었지만 샬로도 그렇게 생각하고 있었기 때문에 크게 동요하지 않은 것이다.

확실하게 저 아이는 강해도 너무 강하다고.

강함이나 약함 같은, 힘에 관해서는 무지렁이인 샬로라도 그렇게 생각할 정도다. 실제로 샬로의 상상 이상으로 강하다는 말을 들어도 납득이 갈 수밖에 없다.

"게다가 그렇게 즐거운 표정을 지으시면 좀처럼 말릴 엄두가 안 나요."

"흐음, 그런 거구나."

위험에 뛰어들어 싸우는 걸 즐거워한다는 것도 좀 이해가 가긴 했지만.

드문드문 이야기를 나누며 폐허 옥상으로 나왔다.

3층 정도의 낮은 건물이지만 술집보다는 높은 위치에서 내려다볼 수 있었다.

"아가씨의 볼일이 끝나시면 저는 먼저 호텔로 돌아가겠습니다. 저는 오지 않은 것으로 해주세요."

"주의하지 않아도 돼?"

"굉장히 하고 싶지만 앞으로 아가씨가 빠져나가시는 방식이 더 교묘해져서 감지하지 못하게 되면 곤란하니까요. 이번엔 망보기만으로 충분합니다."

"……힘들겠네."

"제 말이요."

그런 얘기를 하는 중이었다.

"……? 저건……?"

시선 아래에 길을 걸어가는 자가 있었다.

어두워서 확실하게는 보이지 않지만, 분명히 누군가가 있다.

하나둘씩 술집 앞에 모이는가 싶더니 술집 앞에서 멈춰 섰다.

우연인가 싶었는데 더 많은 사람이 찾아왔다.

똑같이 술집 앞에 모여든다.

그런 패거리들이 우르르 몰려오면서 벌써 열 명이 넘는 인파가 집결했고, 거기서 더 늘어나고 있다.

"……저기, 뭔가 위험한 거 아냐?"

사람이 모이면 시끄러울 법도 한데 섬뜩할 정도로 조용하니 이상했다.

게다가 무기 같은 도구를 들고 있는 사람도 있다. 마치 지금부터 술집에 쳐들어갈 것만 같았다.

사람 수가 느껴지지 않는 조용한 밤, 공기가 팽팽해지며 긴장감이 더해갔다.

……여기까지 온 이상 더는 의심할 여지가 없었다.

이들은 의도적으로 술집 앞에 모여 있다. 절대 우연이 아니다.

무슨 목적인지는 모르지만, 술집에는 지금 니아가 있다.

그렇게 생각하면 모여든 자들의 목적은——

"가엾게도."

시녀는 이제 서른 명이 넘어가는 불온한 집단을 내려다보며 조용히 중얼거렸다.

"거리의 불량배 정도로는 백 명이라도 아가씨를 막을 수 없어요."

"어? 그렇게나 강해?"

까막눈인 만큼 샬로는 그 말을 쉽게 믿을 수 없었다.

뭐, 답은 금방 밝혀지겠지만.

"나 왔어. 기다렸어?"

정장 차림의 남자를 잠시 움직이지 못하게 한 뒤 홀로 술집에서 나왔다.

기척으로 확인한 대로 그곳에는 무기를 든 불량배들이 30명 이상 모여 있었다.

아아, 훌륭해!

질은 좀 부족하지만, 수는 나쁘지 않다.

정장 차림의 그 한 명으로는 역시나 역부족이었던 것이다.

추가 메인 디시가 와줘서 살았지 뭐야.

"야, 망할 꼬맹아. 안젤은 어쨌어?"

집단의 보스처럼 보이는 불량배가 말했다.

그 안젤이라는 건 술집에 눕혀놓고 온 정장 남자의 이름일 것이다.

"왜 신경을 써? 내가 여기 있는데."

그들이 누구인지는 아무래도 상관없었고, 그들과 안젤과의 관계도 특별히 신경 쓰이지 않았다.

다만 발언으로 미뤄볼 때 이들은 안젤을 덮치러 온 것으로 보였다.

"이, 이 꼬맹이다! 무식하게 강한 흰색 꼬맹이! ……진짜냐?! 이 녀석 안젤을 죽인 거 아냐?!"

아, 나도 대상인가 보다. 그들은 개의 관계인인가? 복수하러 왔나?

뭐, 정말 아무래도 상관없다.

그들이 든 무기니 분위기니 하는 것을 생각해 보면 결코 수다를 떨러 온 것은 아닐 것이다.

그리고 지금부터 내가 약하게 만든 안젤을 덮친다고 하면, 승자로서 일시적으로 그를 보호하는 정도는 해줘도 될 것이다.

이것도 무를 향한 경의다. 할 거면 그가 최선의 상태일 때 해라. 그렇다면 말리지 않을 테니.

"이제 얘기는 됐겠지? 빨리 시작하자."

퍼억!

그렇게 말한 직후——보스로 보이는 남자는 허공을 날았다.

이 몸으로 할 수 있는 가장 빠른 속도로 뛰어들어 좀 세게 때렸기 때문이다.

지금 거기에 반응하지 못하는 정도의 잔챙이로는 불만……아니, 꽤 즐겁네? 어? 의외로 즐거워.

"——아하하하! 자, 자! 빨리 달려들지 않으면 다 쓸어버리겠어!"

웃음이 차올랐다.

마음속 깊이 굶주리고 있던 폭력적인 공기에 기쁨이 멎질 않았다.

양심이 아프지 않은 주먹은 역시 상쾌한 법이다.

네힐가는 나름대로 잘 알려진 삼류 악당이었다.

평화로운 알투아르 왕도에도 존재하는 뒷세계. 그 온상이 된

동쪽 창고 거리 안쪽에 몸을 숨기고 간사한 물밑 작업으로 이름을 알려왔다.

그 역시 자신의 행동이 삼류라는 자각은 있었다.

다만 그것은 기회를 엿보느라 그런 것이다. 조심스럽게 움직이니 소심한 삼류로 보이는 것뿐이다.

벌이가 클 것으로 보이면 주저 없이 발을 들여놓았다. 짓밟고, 약점을 쥐어 잡고, 강하게 물어뜯어 이익을 탐했다.

그렇게 해서 여기까지 왔다. 자신의 승부감과 위기관리 능력을 믿고. 그 결과 창고 거리에 아지트를 차릴 정도가 되었다.

──솔직히 말하면 처음부터 완전한 계산 착오였다.

"이, 이게 뭐야……."

양쪽 팔로 애인의 어깨를 감싸 안고, 익숙한 부하 4명을 데리고 느릿하게 찾아온 네힐가. 편하게 일하고 큰돈이 굴러들어올 예정이라 꽤 기분이 좋았다.

그러나 현장에서는 상상도 하지 못한 광경이 펼쳐져 있었다.

본 적이 있는 것도 같고 없는 것도 같다. 폐허가 많은 골목 뒤편 한쪽에 익숙한 불량배 녀석들이 무더기로 쓰러져 있었다.

아무래도 네힐가의 계획을 틀어지게 만드는 변수가 발생한 것 같았다.

네힐가는 회수를 하러 왔다.

4계급 귀인의 딸 니아 리스톤이라는, 큰돈을 벌어다 줄 아이를.

애송이 녀석들이 니아 리스톤과 실랑이를 벌였다는 말을 들은 순간 네힐가는 엄청난 돈벌이가 굴러들어왔다고 생각했다.

줄거리는 이렇다. 오만방자해진 귀인의 딸이 오만함이 과해진 나머지 소동을 일으켰다가 결국 보복을 당한다. 그 위자료를 리스톤가로부터 받아낸다는 지극히 심플한 것이었다.

그때 피해자…… 소동에 가담한 인원수를 조작하기 위해 호위를 맡은 안젤에게 애들을 처리하라고 명령했다.

전부 니아 리스톤 탓이다.

댁의 따님이 이렇게 심한 짓을 했습니다, 라며 흠집을 만들기 위해서였다.

상위 귀인일수록 이런 추문을 싫어한다. 귀인과 평민의 신분차가 사라져가는 요즘 시대, 한두 개의 스캔들로 어디까지 추락할지 알 수 없다.

지금의 귀인은 백성들의 미움을 받지 않으려고 행동하고 있다. 그 부분에 대해 상당히 민감해져 있는 것이다.

뭐, 애초에 딸을 제압한 시점에서 이야기는 정해졌다. 납치된 딸을 되찾지 않는 것도 추문이고, 딸이 저지른 일도 퍼져서는 안 되는 일이었다. 조작으로 부풀렸으니 자칫하면 큰 사건으로까지 번질 가능성이 높았다.

어디까지나 '니아 리스톤 유책 및 보호'라는 구도를 만드는 게 중요했다. 실제로는 납치와 감금이지만 중요한 것은 형태다.

간단하지만 실속이 큰, 삼류 악당다운 짓이었다.

적어도 네힐가는 그렇게 생각했고, 비밀리에 이날을 위해 움직여 왔다.

그 계책은 성공해가고 있었다.

"어머? 혹시 서비스인가?"

문제는 안젤이 니아 리스톤에게 졌다는 것이다.

애들이 뒹굴고 있는 그 한가운데에 하얀 머리의 어린 소녀가 서 있었다. 나이 대여섯 살 정도의 어린아이다.

비정상적인 광경이었다.

이런 밤의 골목에서, 살벌한 장소에서 미소를 지으며 태연하게 서 있는 어린아이. 어둠 속에 은은하게 떠오르는 보기 드문 흰머리까지 어우러져 현실감이 없는 존재로 보였다.

근처에 쓰러진 무리는 네힐가의 명령으로 움직인, 안젤에게 당한 녀석들이었다.

내막을 모르는 아이들은 단순히 실행범인 안젤에게 원한을 품고 오늘 밤 복수하러 모여들었고——.

니아 리스톤에 의해 모두 정리된 참이었다.

그러나 이제 막 온 네힐가는 그것을 모른다.

안젤이 진 것도 모르고, 여기 쓰러져 있는 무리가 모두 니아 리스톤에게 당한 것도 모른다.

상황은 모르겠지만——.

"오, 있네. 아가씨, 니아 리스톤이지?"

큰돈과 맞바꿀 수 있는 아이가 그곳에 있다.

네힐가에게 중요한 것은 그것뿐이다. 다소의 변수가 생기더라도 니아 리스톤만 확보할 수 있다면 그것만으로 족하니까.

"나를 알아?"

"물론이지. 난 매직비전을 가지고 있으니까."

그래, 니아 리스톤은 유명하다. 매직비전…… 마정판을 들고 있는 자 입장에서는 매일이라도 볼 수 있는 얼굴이다.

유명하기 때문에 가치가 있다. 가치가 있으니 돈이 되는 것이다.

"어머, 내 팬? 이런 데서 만날 줄은 몰랐는데."

"그래, 맞아, 맞아. 팬이야 팬. 그러니 우리와 함께 좀 와줄래? 이것저것 듣고 싶은 이야기가 많은데."

누가 봐도 뻔한 수작이었지만 네힐가는 아이를 패는 취미는 없었다. 얌전히 따른다면 그것으로 그만이다.

"공교롭게도 이런 밤중에 모르는 사람 집에 가도 된다는 교육은 받지 못했어. 그러니 사양할게."

당당한 대답이었다. 아무 문제 없다.

이 시간, 이 상황이 아니었다면 전혀.

"그러지 말고 와줘. ……그런데 안젤은 어디 있지? 안 만났나?"

"안젤? 그 사람, 당신 명령으로 온 거야?"

"역시 만났구나?"

그렇다면 왜 여기 있는 것인가. 정작 중요한 안젤은 어떻게 된 것인가.

"저기 술집 안에 뻗어 있어."

"뭐……?"

작은 손으로 가리키는 끝에 있는 듯했다.

아니, 그보다.

그 안젤에게 무슨 일이 있었나? 뒷세계에서는 굉장한 솜씨라고 알려진 보디가드다. 어떤 상대라도 1대1이라면 절대 지지 않는다는 말까지 들을 정도로 강하다. 언젠가 외주 호위가 아닌 패밀리에 넣고 싶어서 거금을 털어 곁에 두었던 남자다.

그리고 한 명 더 보태고 싶은 여자가 있었는데, 그 녀석은 조금 전에 어디론가 가버렸다. 뭐, 그건 상관없지만.

"나에게 자객을 보낼 거라면 좀 더 강한 사람을 보내줘."

네힐가는 바보지만 머리는 돌아가는 편이다. 오히려 나쁜 쪽으로는 잘 굴리는 편이다.

지금의 말로 미루어 보아 안젤은 니아 리스톤에게 당했다는 뜻이 된다.

──그제야 네힐가는 상황이 보이기 시작했다.

술집에서 뻗어 있다는 안젤.

여기서 구르고 있는 애들.

애초에 아랫놈들이 니아 리스톤과 실랑이를 벌였다는 이야기는 뭐가 계기였고 어떤 내용이었을까.

이 자리에 태연자약하게 서 있는 눈앞의 소녀가 점점 이상한 존재로 보이고 있었다.

한순간, 마음속으로 도망치자는 생각이 들었을 때,

"보스, 어떻게 할까요?"

"뭔지는 잘 모르겠는데 잡으면 되죠?"

네힐가의 친구이자 호위이자 업무상 동료인 부하가 말했다.

뒷세계에서는 약한 모습을 보이면 당한다. 그리고 추락하는 것은 순식간이다. 한 가지 실수로 쌓았던 모든 것이 무너진다. 믿었던 동료에게 배신당하고 매도당한다. 네힐가가 끌어내렸던 악당들은 모두 그랬다.

여기서 열 살도 채 안 된 아이를 상대로 도망친다면 평생 따라다닐 오점으로 남을 것이다.

그래, 네힐가는 도망칠 수 없었다.

니아 리스톤을 노리기로 마음먹고 이렇게 만나버린 이상.

처음 계획을 세운 순간부터 하이 리스크 하이 리턴 베팅에 나선 것이다. 물러설 수는 없다.

물러선다면 모든 걸 잃을 테니까.

"……좋아, 저 꼬맹일 잡아라."

어느새 식은땀이 나고 있었다. 본능이 격렬하게 위험을 호소하고 있었지만——그것을 무시하고 네힐가는 명령했다.

니아 리스톤의 포획을.

"자, 아가씨, 얌전히 따라오——억."

부하 중 한 명이 비죽이며 우뚝 선 니아 리스톤에게 다가가더니…… 푹 꺾여 쓰러졌다.

아무도 무슨 일이 일어났는지 몰랐다.

특별히 니아 리스톤이 움직인 것 같지도 않았다. 지금은 시시

하다는 듯이 발밑에 쓰러진 부하들을 보고 있을 뿐이다.

"야, 뭐 하는 거야. 너 너무 많이 마신——아."

쓰러진 이유를 알지 못한 두 번째가 니아 리스톤에게 다가갔고…… 똑같이 쓰러졌다.

이 현상은 무엇인가.

뭔가 한 것 같지도, 뭔가 당한 것 같지도 않다.

다만——조금씩 이 자리의 전원이 알게 되었다.

여기는 이상하다.

심상치 않은 일이 벌어지고 있다.

그 원인이 니아 리스톤이라고는…… 다섯 살짜리 여자아이가 벌이고 있다고는 도저히 믿을 수 없었다.

아니, 네힐가만은 어렴풋이 눈치채고 있었다.

"저기."

정신을 차려보니 니아 리스톤은 네힐가의 눈앞에 있었다.

시선을 뗀 것이 아니다.

정신을 차려보니 바로 거기에 있었다. 마치 순간이동이라도 한 것처럼.

그리고 그것은, 그제야 골목의 어둠에 눈이 익숙해져 쓰러져 있는 아이들의 끝이 보이지 않는다는 것을 깨달은 순간이기도 했다.

많은 인원이다.

스무 명이나 서른 명 정도가 아니다. 그 이상의 애들이 쓰러져 있다. 설마 백 명……은 아닌가.

아니, 모르겠다.

어둠 속에 몇 명이나 쓰러져 있는지, 끝이 보이지 않으니까.

무엇보다 네힐가는 그것을 알고 싶지 않았다.

지금 부하들이 아무것도 모른 채 쓰러진 것처럼, 여기 있는 모든 사람이 똑같이 쓰러지지 않았나.

그렇다면 이런 짓을 벌인 것은 분명——.

"할 거야? 안 할 거야?"

무엇을.

"오늘 밤은 좋은 밤이야. 기분이 좋으니까 봐줄 수 있는데. 어떻게 할래?"

제발 봐줬으면 좋겠다.

그 말이 목까지 튀어나왔지만, 부하들의 눈앞에서는 절대 말할 수 없었다.

"아."

그 목소리는 뒤에서 들렸다.

뒤돌아보니 그곳에는 어째서인지 니아 리스톤이 있었다. 지금 눈앞에 있었을 아이가. 대체 어째서인지 뒤돌아본 그곳에 있었다.

그리고 부하 두 명이 천천히 쓰러져 간다.

"도망가면 안 되지."

모르겠다.

아무것도 모르겠다.

아는 건 그저 단 한 가지. 지금 자신은 관여해서는 안 될 무언가와 조우하고 있다는 것이었다.

한기가 들었다.

심하게 몸이 떨렸다.

쓰러져 있는 녀석들이 저 멀리까지 보이게 됐지만, 여전히 끝은 보이지 않았다. 몇 명이나 쓰러져 있을까? 50? 아니, 역시 백이 넘는 건가? 알고 싶지 않다. 절대 알고 싶지 않다.

여자들이 떨고 있는 걸까, 아니면 네힐가 자신이 떨고 있는 걸까.

"저기."

니아 리스톤이 웃었다.

"이 사람들 입막음, 잘 부탁해. 가능한 만큼만 해도 돼, 내가 여기 있었다는 건 비밀로 해달라고 잘 타일러줘. 할 수 있지? 아니면 못 하겠어?"

네힐가의 대답은 정해져 있었다.

이날 밤 이후 얼마 지나지 않아 왕도에서 십수 명의 악당이 사라졌다.

어지간히 무서운 일을 겪었는지 "밤과 아이와 흰머리가 무서워"라는 말을 남기고 사라졌다.

행방은 알 수 없다.

몇 년 후 동쪽 창고 거리에 살던 금색 남자가 시골에서 밭을 갈고 있다는 소문이 조금 돌았지만.

그런 소문도 며칠 지나지 않아 사라졌다.

"기분이 꽤 좋아 보이시네요."

아무래도 무심코 드러나나 보다.

그럭저럭 개운해진 심정이.

지금까지 갈 곳 없었던 울분을 풀고 와서 너무나도 후련해진 심정이.

"마음 무거웠던 일도 무사히 끝났고 이제 집에 가는 거잖아. 기분이 좋아질 만도 하지."

호텔 로비에서 휴식을 취하며 옆에 선 리노키스와 한가롭게 이야기를 나눴다.

이제 돌아갈 채비는 끝났다. 짐은 챙겨놨고, 나머지는 조부가 오기를 기다렸다가 돌아가는 비행선을 타기만 하면 된다.

사용인들에게 줄 선물도 샀으니 빼먹은 것은 없으리라. 참고로 산 것은 유명 가게의 구운 과자다.

극단 아이스 로즈의 공연 《연모하는 여인》이 무사히 끝나 안심했다는 것도 거짓말은 아니다.

하지만 당연히 어젯밤의 그 일로 그럭저럭 힘을 발휘했다는 것이 큰 이유였다.

정말 꿈같은 밤이었다.

확실히 잔챙이만 많을 뿐인 하찮은 상대이기는 했다. 그러나 폭력에 굶주린 상태였기 때문에 예상보다 즐거웠다.

물론 하나하나 모두 맛보았다. 도망치려는 자도 제대로 잡아서 전원 제대로 때려눕혔다. 물론 죽이진 않고. 적당히 하는 것도 잊지 않았다.

최종적으로는 50명 정도 합류한 것 같았지만 그래도 잔챙이인 것은 변함없었다. 그것만이 좀 아쉽긴 하지만 뭐, 지금은 이걸로 만족하자.

전원을 쓰러뜨린 그 후에는 아무 일도 없었다는 듯이 샬로를 집으로 보내고 나도 호텔로 돌아갔다.

……욕심을 말하자면 전원이 내 절반에서 80% 정도로 강한 정예, 라는 것이 이상적이지만. 나도 피 끓는 흥분을 느끼며 뼈를 부러뜨리거나 부러지는 정도의 사투감은 느끼고 싶다.

진심으로 생명을 위협받는 상대까지는 바라지도 않으니 조금의 씹는 맛은 느끼고 싶었다.

뭐, 희망 사항이지만.

"오셨어요, 아가씨."

조부가 도착한 것 같다. 나는 소파에서 일어났다.

자택에 들러 자고 가라는 조부의 권유를 교묘하게 피해 리스톤가에 돌아온 것은 저녁 무렵이었다.

개인적으로는 자고 가도 상관없었지만, 나에겐《직업 방문》등 촬영 일이 있었기에 예정에 없는 외박은 할 수 없다.

그보다 지금의 내 입장에서는 허락받을 수 없는 일일 것이다.

허락받는 것은 몰래 하는 야간 외출 정도겠지. 어젯밤처럼!

양친은 오늘도 방송국 일로 아직 돌아오지 않았지만, 사용인들의 환영을 받으며 무사히 귀환을 완료했다. 역시 집에 돌아오니 안심감이 든다.

사용인들은 왠지 모르게 나보다 선물로 사 온 구운 과자 쪽을 더 환영하는 것처럼 보였지만…… 뭐, 세세한 것은 됐다. 그건 그거대로 좋은 일이니까.

가장 먼저 목욕하고 식당 테이블에 혼자 앉아 식사를 마친 뒤 자신의 방으로 돌아왔다.

"……후우."

몸의 힘이 빠졌다.

나는 니아가 아니지만, 그런 나에게도 니아의 이 방이 가장 편안한 공간처럼 느껴졌다.

이제 여기가 내가 있을 곳인지도 모른다.

"홍차 한 잔 드릴까요?"

"부탁해."

내가 잠옷으로 갈아입는 동안 리노키스가 홍차를 끓여주었다.

이 홍차는 왕도의 레스토랑인 《검은 백합 향기》에서 마신 것으로, 매우 화려한 향이 특징이었다.

역시 꽤 비싼 사치품이었는데 조부가 사줬다.

"벌써 1년이 됐네요."

응?

"1년?"

"아가씨가 죽을 뻔했던 밤부터 벌써 일 년입니다. 그날 밤부터 차도가 있었죠."

아아…… 그러고 보니 그랬구나.

내가 니아가 된 지 1년인가.

그때는 어쨌든 죽지 않기 위해 필사적이었는데…… 분명 봄이었지.

그날 이후 오늘까지 길었던 것 같기도 하고 눈 깜짝할 사이였던 것 같기도 하다.

그날 밤…… 수상한 사내가 죽은 니아의 몸에 나라는 영혼을 넣은 그 밤으로부터 1년.

병을 고치는 데 반년 이상을 소비했고, 겨울부터는 전생에도 경험해보지 못한 매직비전이라는 문화에 발을 들여놓게 되었다.

이번 왕도행 역시 그 모르는 문화 덕분이었다.

그리고 앞으로도 비슷한 일이 있을 것이다.

"아가씨, 부탁이 있는데요."

"부탁? 나한테? ……아, 또 같이 자자고 할 거지?"

"그건 당연하죠! 하루 이틀 만난 그런 여자와는 같은 침대에서 잘 주무시면서 왜 더 오래 알고 지낸 저랑은 함께 못 주무시는 거죠?! 의미를 모르겠어요!"

나는 거기까지 언성을 높여 내게 반박하는 리노키스를 모른다.

……함께라.

"너는 좀 사양하고 싶어. 자는 동안 키스 같은 걸 거리낌 없이 할 것 같아."

샬로에게서는 평범한 애정을 느꼈지만 리노키스에겐 그 이상의 무언가가 느껴졌다.

이제는 뭐랄까, 솔직히 너무 가까이 가면 안 되는 존재가 아닐까 하는 경계심이 들 정도로 방심할 수 없는 마음이 있었다.

"뭐, 어때요. 같은 여자인데, 같은 여자고 심지어 같은 여자인데! 같은 여자잖아요! 무슨 일이 있어도 노카운트로 하면 되잖아요!"

그렇게 몇 번이나 못을 박으면 같은 여자라는 말의 면죄부 효과가 희미해진다. ……같이 자는 건 못하겠네.

"아, 아니에요. 부탁은 그런 게 아니에요."

응? 아닌가?

"아가씨, 저 연습 좀 시켜주시면 안 될까요?"

…….

"무슨 의미의 연습?"

"싸우는 의미의 연습이요. 아가씨보다 너무 약하면 제가 호위를 맡은 의미가 없으니까요."

호오.

형(形)은 매일같이 보여주었기에 알게 모르게 내 강함은 전해졌으리라 생각했지만.

꽤 정확하게 나와 자신의 역량 차이를 파악한 것일지도 모른다.

그렇다면 내가 상상하는 것보다 리노키스는 강한 것이다.

상대의 힘을 알 수 있다. 그것 또한 강함이다.

"괜찮아? 상냥하게 안 할 건데?"

"각오하고 있어요. 이대로 가다가는 아가씨를 뒤쫓아 갈 수도 없을 것 같아서요."

뒤쫓아 간다.

……무슨 뜻인지는 묻지 말자. 어쩐지 섣불리 건드렸다간 뱀이 튀어나올 것 같다.

"각오가 돼 있다면 됐어. 내일부터 시작하자."

나도 좋았다.

리노키스는 아직 약하지만 그래도 그 불량배들보다는 전투력이 배어 있다. 함께 연습할 수 있다는 것은 나도 기뻤다. 하품이 나올 정도로 부족하긴 하지만.

……무심코 과격하게 해서 부수지 않도록 신경 써야 한다는 것이 걸림돌이긴 하지만…… 뭐, 최대한 조심해 보자.

"그럼 리노키스. 너는 이제부터 내 첫 번째 제자야. 내가 부끄럽지 않을 정도로는 강해져 줘야겠어."

"전력을 다해 노력하겠습니다."

전속 시녀가 제자가 된 이후 지금까지 없던 분주한 나날이 시작됐다.

《니아 리스톤의 직업 방문》 촬영과 함께 이따금 배우 의뢰도 들어오게 됐다.

왕도의 의뢰가 아닌 리스톤령에서 공연하는 극이었기에 극의 연습은 물론 빈 시간에 다른 촬영도 소화하게 되었다.

　이외에는 라임 부인과 연계된 파티에 참석하기도 하고, 양친과 함께 파티에 동행하기도 하며 이따금 왕도 알투아르에 가는 일도 잦아졌다.

　물론 무의 단련은 하루도 빼놓을 수 없다.

　아무리 바빠도 해야 하니 수면 시간을 줄이는 날도 여러 번 있었다.

　그리고 특필할 만한 것으로, 새로운 매직비전 채널이 생겨났다.

　지금까지는 왕도 알투아르와 이곳 리스톤령, 두 개밖에 없었던 방송사가 하나 더 늘어난 것이다.

　5계급 귀인 빅슨 실버가 매직비전업계에 참여해 그가 다스리는 실버령에 방송국을 세웠다.

　경사스러운 개국 기념의 의미로 리스톤 가문은 《직업 방문》으로 찾아가게 되었다.

　"와줘서 고맙네."

　촬영 자체에는 나와 국장이 될 빅슨 실버와 직원만 찍힐 예정이었지만, 리스톤가에서 조부와 양친이 동행했다.

　조부와 빅슨 실버는 오랜 친구 관계라고 했다. 이번 방송국 설립에도 상당한 협조를 받았다나 뭐라나.

　실버령 채널에서는 미개척 부유섬 탐색이나 모험가 등을 중심으로 한 방송을 예정하고 있어 나는 무척 기대되었다.

다만 나는 아직 모든 방송이 해금된 것은 아니었다. 리노키스는 제자가 되었지만, 고용주인 양친을 스승인 나보다 더 위에 두었다.

하루하루가 쏜살같이 지나갔다.
그리고 정신을 차리고 보니 다시 봄이 오고 있었다.

"가볼까요, 아가씨?"
"그래."
여섯 살이 됐다.
나는 올해부터 왕도에 있는 알투아르 학교 기숙사에 들어간다.

후기

홀로그램 라이브라든가, 니지산지라는 말은 잘 모르겠습니다.

안녕하세요, 최근 시류에 뒤떨어졌다는 느낌을 뼈저리게 느끼고 있는 미나미노 우미카제입니다.

이 책을 읽어주셔서 감사합니다. 샀나요? 사지 않았나요? 아직 사기 전이라면 계산대로 가져가 주세요.

이 《흉란영애 니아 리스톤》은 HJ소설대상 2021 상반기에 수상을 받아 이렇게 출판하게 되었습니다.

원래는 소설가가 되자와 알파폴리스에 연재했던 것입니다.

여러 사정으로 '광란 영애'에서 '흉란영애'로 제목이 변경되었습니다. 내용물은 가필 수정을 추가하여 더욱 재미를 더했습니다.

그러니까 사달라는 뜻입니다. 잘 부탁드립니다.

여러분이 이 글을 읽고 있을 무렵, 분명 저는 이 세상에 없을 겁니다.

묵혀둔 게임 속 세계로 떠나 있을 테니까요.

묵혀둔 낡은 게임 같은 건 사실 하고 싶지 않아. 게임을 하고 싶어. 일 따원 하고 싶지 않아. 나는 게임을 하고 싶다고. 어렸을 때는 이렇게나 하고 싶어질 줄 몰랐어. 아니, 그렇지도 않은가. 어렸을 때부터 게임은 하고 싶었나? 늘 시간만 생기기를 바랐으니까. PS5도 갖고 싶어. 어디에도 안 팔아.

게임할 시간은 없지만, 작업하면서 플레이 영상을 보자.

그런 발상에서 홀로그램 라이브라든지 니지산지 같은 것들이 좀 궁금해졌습니다. 근데 잘모르겠네요……. 같은 건 아니죠? 회사가 다른가? 아니면 애초부터 다른 존재인가? 모르겠네요. 이젠 아무것도 모르겠어. 다양성의 시대지만 너무 다양해서 이해가 따라가질 못하겠어요.

뭐, 확실히 말할 수 있는 건 그들은 분명 전자 속에 사는 요정들이라는 것이겠지요. 안에 더는 사람이 없다! ……없어진 건 분명 오래전이겠죠.

시류를 따라잡고 싶습니다.

표지의 일러스트는 구멍이 날 정도로 봐주셨나요?

여아입니다. 훌륭하네요. 어린 소녀야말로 세상을 구할 존재가 아닐까 저는 항상 생각하고 있는데, 정말 진실일지도 모른다는 생각이 드는 일러스트입니다.

일러스트 담당 지샤쿠 선생님이 그려주신 멋진 여아입니다. 안에 있는 일러스트도 무척 근사하니 꼭 한번 봐주시길 바랍니다.

지샤쿠 선생님, 멋진 일러스트 감사합니다.

이 책 띠지에 적힌 정보는 보셨나요? 뒤쪽인가? 어, 띠가 없다고요? 그럼 인터넷에 검색해주세요!

네, 만화화 정보입니다. 어린 소녀가 만화 속에서 맹활약하는 이야기입니다.

담당해주실 만화가님은 코다이 카부토 선생님입니다. 훌륭한 어린 미소녀를 그리시는 분입니다.

이 이상은 못 하겠다 싶을 만큼 자주 체크해 주세요.

담당 편집자님 S씨, 제 고집으로 미팅이 그동안 어려웠을 것 같습니다. 죄송합니다. 그리고 감사합니다.

오래 갈 인연이 되길 바라고 있습니다.

그리고 독자 여러분.

인터넷 연재 때부터 응원해주신 여러분 덕분에 니아 리스톤은 이렇게 책이 되었습니다.

정말 정말 감사했습니다. 앞으로도 잘 부탁드립니다.

그럼 2권에서 또.

Kyoran Reijyou Nia Liston 1
©Umikaze Minamino
Originally published in Japan in 2022 by HOBBY JAPAN CO., Ltd.
Korean translation rights ©2022 by Somy Media, Inc.

흉란영애 니아 리스톤 1

2023년 09월 15일 1판 1쇄 발행

저   자 미나미노 우미카제
일 러 스 트 지샤쿠
옮 긴 이 이소정
발 행 인 유재옥
본 부 장 조병권
편 집 1 팀 김준균 김혜연
편 집 2 팀 박치우 정영길 정지원 조찬희
편 집 3 팀 오준영 이소의 이해빈
편 집 4 팀 박소영 전태영
라이츠담당 김정미 맹미영 이윤서
디 지 털 김지연 박상섭 윤희진
미   술 김보라 박민솔
발 행 처 ㈜소미미디어
인쇄제작처 ㈜코리아피엔피
등   록 제2015-000008호
주   소 서울시 마포구 토정로222, 403호 (신수동, 한국출판콘텐츠센터)
판   매 ㈜소미미디어
마 케 팅 박수진 최원석 최정연
영   업 박종욱
물   류 백철기 허석용
전   화 (02)567-3388, Fax (02)322-7665

ISBN 979-11-384-8009-3 04830
ISBN 979-11-384-8008-6 (세트)